SANDUÍCHE

Diretor Editorial e de Arte: Julio César Batista
Coordenação Editorial: Carlos Renato
Produção Editorial, Projeto Gráfico e Editoração Eletrônica: Juliana Siberi
Preparação: Gabriele Fernandes Koyomdjian
Revisão: Jéssica Caroline e Camila Pereira
Capa Original: Nancy Singer

Dados Internacionais de Catalogação da Publicação (CIP)
(Câmara Brasileira do Livro, SP, Brasil)

Newman, Catherine
Sanduíche / Catherine Newman; tradução de Carolina Simmer. — São Paulo: nVersos Editora, 2025.

Título original: Sandwich
ISBN 978-85-54862-60-2

1. Menopausa 2. Romance norte-americano I. Título.

25-260444 CDD-813.5

Índices para catálogo sistemático
1. Romances: Literatura norte-americana 813.5
Eliane de Freitas Leite – Bibliotecária – CRB 8/8415

1ª Edição, 2025
Esta obra contempla o Acordo Ortográfico da Língua Portuguesa
Impresso no Brasil – *Printed in Brazil*
nVersos Editora
Rua Cabo Eduardo Alegre, 36
CEP 01257-060 – São Paulo, SP
Tel: 11 3995-5617
www.nversos.com.br
nversos@nversos.com.br

SANDUÍCHE

CATHERINE NEWMAN

tradução de
CAROLINA SIMMER

nVersos

Este é para meus pais, a quem eu amo sem moderação.

Prólogo

Imagine o seguinte: uma península em uma baía, se projetando para o oceano Atlântico. Aproxime-se. É uma cidade praiana em Cape Cod. Estamos no meio do verão. A estrada afunilada é abarrotada de restaurantes que servem lagosta, campos de minigolfe com moinhos de vento, piscinas com boias redondas. Porém, se você sair por qualquer lado da rua principal, logo vai dar de cara com o mar: penhascos arenosos e a grama alta sendo balançada pelo vento; rosas cascateando, o vasto céu azul, uma costa margeada por pedras e conchas e as folhas verdes onduladas de algas marinhas. Sob as ondas: o medo dos grandes tubarões-brancos, com a barriga cheia — segundo corre a imaginação — de surfistas.

No banco do passageiro de uma perua Subaru prata com pequenas marcas de ferrugem: uma mulher na casa dos cinquenta anos. Sua idade a coloca no meio do caminho entre seus filhos adultos e seus pais idosos. É casada há décadas com um homem lindo que entende entre vinte e sessenta e cinco por cento de tudo que ela fala. Seu corpo é um templo. Ou talvez seu corpo seja um invólucro cheio de cicatrizes e segredos e menopausa. A família visita a cidade faz tanto tempo que agora enxerga tudo em tons pastel: os aspectos duros foram cobertos por memórias agradáveis, coloridas, de balas de caramelo, mexilhões empanados e passeios pela praia. Óculos escuros e protetor solar e pezinhos sujos de areia pressionados contra as coxas e a barriga dessa mulher. Crianças pequenas correndo pela areia com baldes de plástico. Os pais dela rindo em cadeiras de praia, encolhendo dentro das próprias roupas conforme os anos passam. O luto à espreita, parecendo uma luz que pisca levemente fora do seu campo de visão.

A mulher e o marido buscaram os filhos adultos na estação de trem. Seguem para a pequena casa que alugam todo ano durante esta única semana. Ela está tão feliz com a presença dos filhos que não sabe o que fazer além de virar para observá-los e sorrir. É o único momento da viagem em que ela não reclamará do trânsito.

— "E somos postos no planeta por um curto intervalo, para aprendermos a assimilar os raios do amor" — diz ela, de repente.

— É um poema? — pergunta a filha de vinte anos. E é. — De quem? — quer saber a filha.

— William Blake.

— Qual o nome dele?

A mulher faz uma careta.

— Acho que "O negrinho".

— Ai, mãe!

— Eu sei, eu sei. Mas acho que não era preconceituoso, será?

— Duvido muito.

— Acho que ele era abolicionista.

— Um dos abolicionistas que escravizava pessoas?

— Boa pergunta — diz a mãe.

— Os raios são tipo de descarga elétrica? — pergunta a filha. — Ou tipo feixes de luz?

— Não sei. — Ela sempre tinha pensado nos dois sentidos: nos olhos apertando contra o brilho insuportável do amor, e também na tensão constante gerada por ele. — É tão avassaladoramente linda, a vida humana — diz a mãe, suspirando.

A filha revira os olhos e responde:

— E também é terrível e ridícula.

Talvez a vida seja as três coisas.

Nesta única semana.

SÁBADO

1

— Ai, meu deus! Ai, meu deus! Ai, meu deus! — Estou rindo. Estou gritando e também chorando. A água sobe, sobe, sobe, alcançando a borda da privada. — Nick! Nick! Nicky! — Berrar é a única coisa que posso fazer nessa situação, ao que parece. Meu marido segura o desentupidor com as duas mãos, mas encara a água como se estivesse em transe. Em um desenho animado, o redemoinho da privada seria refletido em seus olhos hipnotizados. — Nicky! Nick!

Nick parece despertar. Inclina-se sobre o vaso, gira o registro perto do chão, e então algo estrepita, os canos gemem. A água para.

— Nossa — digo. — Ufa.

Então algo surge no vaso. Algo que parece uma grande água-viva prateada. O que é isso? Uma bolha de ar? Uma bolha de ar gigante! Ela empurra o conteúdo da privada para cima e para fora, fazendo tudo transbordar pelo chão como uma cachoeira. Uma cachoeira, se houvesse cachoeiras dentro de casa que jorrassem restos de papel higiênico e coisas piores. Pulo para cima da borda da banheira, aparentemente para gritar melhor.

— Está muito ruim aí dentro? — grita nossa filha do outro lado da porta fechada. — Ai, meu deus, gente, eca! Está muito ruim? Estou sentindo o cheiro! Que fedor! Está fedendo a rabanete estragado aqui fora.

— Amor, está tudo bem! Vamos resolver — berra Nick.

Ele voltou a se debruçar sobre a privada com o desentupidor, impulsionando-o como se preparasse uma manteiga nojenta.

— Seu pai está mentindo! — grito para Willa. — Estamos cobertos de esgoto.

Nick ergue o olhar para mim e sorri.

— Estamos *cobertos de esgoto*, Rocky?

Não estamos.

— Estamos — respondo. — Você ficou bem com essa blusa, na verdade — acrescento. — Só para constar.

Ele ri, flexiona seus bíceps deliciosos. De repente, escuto o som de algo sendo sugado, e o restante da água desce pelo cano. Nick se inclina para a frente com toda a calma do mundo e gira a válvula para encher novamente a caixa.

Estamos no chalé — o mesmo que alugamos todo verão há vinte anos. É fim de tarde de sábado. Chegamos faz mais ou menos uma hora. Menos, talvez. Temos plena noção de que não devemos sobrecarregar a fossa séptica — emoldurado sobre a privada, há um alerta escrito à mão que diz: NÃO SOBRECARREGUE A FOSSA SÉPTICA! —, mas, bem, cá estamos nós.

— Vocês precisam de ajuda? — grita Willa. — Digam que não. Na verdade, não quero ajudar. O Jamie quer saber a senha do Wi-Fi.

— Acho que continua sendo "sopa123", tudo em letra minúscula — digo.

— Valeu — responde ela. Nós a escutamos berrar a senha para o irmão. — Ah, lembrei, vocês sabem onde está a mala com as roupas de praia?

— Cacete — diz Nick enquanto se endireita. — Você já olhou no carro? — grita ele para Willa.

E ela responde:

— Já.

— Cacete — repete Nick. — Estou com medo de ter esquecido no corredor de casa. Meio que consigo ver ela lá.

— É sério? — pergunto. Ainda estou em cima da borda da banheira, me equilibrando com uma mão no ferro da cortina. — Eu perguntei especificamente se você tinha pegado todas as malas no corredor. E você respondeu que sim.

— Pois é — diz ele. — Eu sei. Mas, pelo visto, não peguei. — Ele não olha para mim enquanto fala. — Não é uma crise imensa. Podemos comprar essas coisas na cidade.

— Sei — respondo. — Mas você *pouco se fodeu* para mim quando perguntei se tínhamos pegado todas as malas.

Argh, minha voz! Dá para ouvir o estrogênio em queda livre pela minha garganta.

— Meu deus, Rocky. — Agora, ele está esfregando uma toalha pelo chão do banheiro com um pé. — Não é um problema grave.

— Eu não disse que era grave — digo baixinho, mas minhas veias foram inundadas pela lava que explode do meu vulcão de mau humor. Se a menopausa fosse uma substância real, ela estaria esguichando pelos meus olhos, formando a palavra "argh" no rosto bonito de Nick. — Só quero que você admita que nunca me escuta quando te pergunto as coisas.

— Nunca — repete ele em um tom inexpressivo. — Nossa. Bom saber.

— Vocês estão brigando cobertos de merda? — grita Willa. — Estão tendo uma briga sobre a maneira como brigam? Parem com isso. Pai, você pediu desculpas por seja lá o que for que deixou a mamãe irritada? É melhor você pedir desculpas e seguir com a vida.

— Pedi — diz ele, e eu reviro os olhos.

— Pediu mesmo? — pergunto.

E ele dá de ombros, dizendo:

— Praticamente.

— Willa — grito. — Está tudo bem. Vamos resolver as coisas aqui. Vá se distrair com outra coisa.

— Beleza... mas, eca, tem um líquido passando por baixo da porta. Ah, beleza, o Jaime está falando que é "sopa" com S maiúsculo. Eca, gente! Limpem logo isso aí e saiam do banheiro — grita Willa. — Quero resolver esse negócio do biquíni.

— Tudo bem — digo. — Já vamos.

E então vem o som de um estalo, que acaba sendo o som do ferro da cortina soltando da parede. Perco o equilíbrio, me seguro no frágil pano com estampa de estrelas-do-mar que não está mais preso a nada, e desabo no chão, batendo a cabeça na beira da pia e acertando o rosto de Nick com o ferro. Caio de costas, com a cortina da banheira enrolada no meu corpo como uma mortalha.

Nick me olha do alto, sem parecer muito preocupado.

— Como estão suas férias até agora? — pergunta ele, e sorri.

Então estica as duas mãos para me ajudar a levantar.

2

— Não ligue para os meus pais — diz Willa para a moça que trabalha na loja de surfe. — Eles tiveram um acidente no banheiro.

Estou mancando — sinto como se houvesse um elástico velho e farelento em um dos meus joelhos —, e Nick exibe o começo de um olho roxo, a área sob seus cílios escuros ficando inchada e arroxeada. No chalé, o banheiro está limpo, e, na pequena lavanderia do condomínio, as toalhas estão sendo lavadas na máquina com uma dose generosa de água sanitária. Nick e eu tomamos banho e também inspecionamos os machucados um do outro fazendo piada, o que precisará contar como pedidos de desculpa.

— Calma aí — sussurro para Willa. — Você está usando a Tragédia do Desentupidor como desculpa para dar em cima da moça bonita?

— E daí? — diz ela, rindo, e pisca para mim.

Quando olho para as duas pouco depois, a moça bonita está digitando algo no celular de Willa.

Eu queria ir até a Ocean State Job Lot — a loja que vende produtos com desconto — para procurar roupas de banho na ponta de estoque, mas fui voto vencido. Então, aqui estamos.

Já passamos um bom tempo das nossas vidas nesta loja. Quando se pensa em Cape Cod, talvez venha à mente o céu azul resplandecente ou decorado com belas linhas de nuvens cinza. Talvez a vasta faixa litorânea diante de dunas pedregosas ou as casas típicas revestidas de telhas de madeira, com arbustos imensos de hortênsias azuis florescendo por todo canto. Talvez o intenso azul-chumbo do mar, com o pôr do sol formando longas poças de cores alegres. E isso é engraçado, porque a maior parte do tempo aqui é passada na loja de surfe ou no mercadinho esquisito que tem cheiro de carne crua, ou na fila da barraca de frutos do mar, da padaria, do banheiro químico, do minigolfe. Ou comprando protetor solar caro no posto de gasolina. Esperando os filhos escolherem as balas que querem comprar enquanto a praia é apenas objeto dos seus pensamentos, com sua barba se tornando cada vez mais branca, crescendo até o chão, conforme as páginas do calendário vão passando. Esperando na clínica porque as crianças ficaram com febre de repente, no que acaba se revelando ser uma faringite; esperando na antiga farmácia enquanto o velho farmacêutico mistura — ou talvez *inventa* — os antibióticos que vão fazer todos se inclinarem com a cabeça para fora da cama estreita com cobertas estampadas com âncoras e vomitar febrilmente dentro de panelas esmaltadas temáticas de lagosta que você deixou no chão entre elas. Mas também, sim, praias e lagoas e céus lindíssimos. Isso tudo.

— Acho que vou levar um desses de novo. — Jamie exibe um short preto na mão que sua namorada, Maya, não está segurando.

— Ótimo — digo. — Ainda bem que você trouxe seu biquíni — falo para Maya. — Mas pode comprar alguma coisa, se quiser!

— Não precisa — diz ela —, mas obrigada.

Maya, assim como Jamie, Willa e jovens por todo canto, é uma espécime perfeita de ser humano. Seu cabelo cascateia — *cascateia* mesmo! — por cima de seus ombros em cachos pretos brilhantes, de um jeito que me faz ter vontade de esconder o meu rabo de cavalo úmido, tão fino quanto uma agulha de crochê. Sua pele brilha, resplandecente. Ela usa um par de argolinhas de prata em uma narina perfeita e um par de argolonas de prata nas duas orelhas perfeitas. Está vestida com um pedacinho de pano que faz as vezes de short jeans e, acho, um sutiã — mas já me disseram que isso, na verdade, é um *bralette*, o que significa que é uma blusa. Acho tudo ótimo — os jovens e o corpo deles. Bem que eu queria ter me vestido assim quando tinha a idade deles, em vez de usar os vestidos largos de que gostávamos, que mais pareciam sacos de batata. "O que tem aí dentro?", certamente se perguntavam as pessoas. *Um torso e as pernas de um ser humano jovem? Um monte de batatas?* Não havia como saber.

— Estou feliz por você ter vindo — digo, sorrindo para Maya.

E ela responde:

— Eu também.

— Vou levar o mesmo que levei ano passado. — Nick segura um short igual ou muito parecido com o de Jamie.

Willa vai levar um top cinza e o mesmo short que o pai e o irmão mais velho.

— Tudo bem, tudo bem — digo. — Porra, vocês são muito rápidos. Preciso provar as coisas. Nem sei qual é o meu tamanho neste ano. — Olho para baixo como se a vista superior dos meus seios fosse se traduzir em um número. — Me ajudem. Preciso de alguma coisa com, sei lá, algum tipo de bojo? Algo que tenha *compressão*.

— Só escolhe alguma coisa que te deixe confortável, mãe — diz Willa. — Senão, você vai ficar o tempo todo tirando a calcinha da bunda e reclamando com meu pai por ele ter esquecido a mala.

Isso é verdade. Passo as mãos pelos cabides dos maiôs e, de repente, me lembro de ter comprado um maiô aqui há vinte anos, quando Jamie tinha três anos e eu estava gravidíssima de Willa. Meus seios tinham voltado a ficar imensos. Na ocasião, quando provei o tankini usado durante vários verões de gravidez e amamentação, o elástico castigado emitiu o som triste de algo rasgando, aquele que indica que não há mais volta. Parando para pensar, fico surpresa por meu corpo não emitir esse som sempre que me inclino para baixo.

— O quê? — pergunta Willa. Ela me encara. — O que houve com você, além da concussão ou seja lá o que foi?

Quando você ficou adulta? é uma pergunta que não faço. *Todas aquelas garotinhas estão encaixadas dentro de você como matrioscas?* é outra. Tantos verões com as crianças, suas mãozinhas e rostinhos grudentos, cheias de empolgação!

— Só fiquei sentimental — prefiro dizer, e dou um beijo em sua bochecha empática e perfeitamente corada.

Experimento dois tamanhos do mesmo maiô azul-marinho. (“Não tire a calcinha!”, berra Willa para dentro do trocador em uma tentativa de ajudar, porque, quando tínhamos a idade dela, provavelmente só provávamos roupas de banho nuas para infectar todas as peças com sífilis). O maiô que não aperta minha virilha está largo no peito. Dou uns pulinhos, e o resultado não é bom. Bastará uma onda para meus seios comemorarem sua liberdade balançante. O que fica mais justo aperta tanto minhas pernas que parece capaz de gangrená-las. Além disso, comprime minha bunda de um jeito que faz parecer que tenho quatro bandas. Quanto mais, melhor! Na verdade, pior. Também sinto alguma coisa esquisita entre minhas costelas e pernas — parece que há um saco de pãezinhos ali embaixo. Ou talvez apenas um pão de forma grande.

VOCÊ ESTÁ EM TERRITÓRIO INDÍGENA ILEGALMENTE OCUPADO, escreveu alguém na porta com canetinha. Meu corpo em processo de envelhecimento não seria capaz de mudar a história. Escolho o maiô maior.

— Que ótimo jeito de gastar duzentos dólares! — exclamo no carro, e todo mundo resmunga para eu deixar isso pra lá.

— Veja só como você é privilegiada — diz Willa, e não entendo se ela está me dando uma bronca, apesar de ter razão.

— É verdade — digo. — É “veja” no sentido de enxergar? Ou “veja” no sentido de refletir bem sobre isso?

— Sei lá — responde Willa. — Você pode escolher o que preferir.

— Praia? — pergunta Nick. — Jantar? O que vocês querem fazer?

Queremos dar um pulinho na praia e depois ir comer na barraca de frutos do mar. Nick liga a seta para seguir na direção da baía.

— Espera — digo, me virando para falar com Jamie. — Você contou para o papai sobre o seu trabalho, sobre o elogio que seu supervisor fez?

— Eca, mãe — diz Willa.

— O quê?

— Não chame ele de papai.

— Ah, é — respondo. — Esqueci que a gente não pode mais dizer *papai*. Nem no carro, quando estamos só nós. Pode parecer que estamos praticando tráfico sexual uns com os outros!

— Vocês entendem o que *papai* significa?

— Sim, Willa. Entendemos o que *papai* significa. — Mas entendemos mesmo? Tenho minhas dúvidas. Quer dizer, eu achava que a música "Oh, daddy", do Fleetwood Mac, falasse sobre o pai de Stevie Nicks, de quem ela parecia gostar demais. Nick me lança um olhar rápido, faz uma careta e dá de ombros. — Tudo bem, então, conte para o seu progenitor — digo para Jamie.

Ele ri e responde:

— Acho que vou deixar isso para mais tarde.

Quando chegamos à beira do mar, o sol estava desaparecendo por trás de nuvens de algodão-doce rosa e azul. A areia úmida e fria, salpicada de pedras escuras e fragmentos claros de conchas. Havia apenas meia dúzia de pessoas ali, todas focadas no horizonte. Fizemos uma cabaninha com as toalhas para Nick e Willa se alternarem na troca de roupas, os dois arrancando as etiquetas de um jeito que me faz retrair. *Não rasguem o tecido!* Mas não falo nada, porque, dã. O restante de nós fica assistindo da areia enquanto ambos saem correndo pela espuma do mar. Vejo Willa passar os braços pelo pescoço de Nick para pularem pelas ondas, como um bebê. *Papai*, penso, porque sou teimosa. Afinal, ele é o papai deles há tanto tempo, seus braços fortes apoiando-os na água e fora dela. E me apoiando também. É difícil mudar, mas eu sei, eu sei. Mudar é preciso.

Eu me lembro de estar parada aqui com Jamie quando ele tinha quatro anos. Estava grávida, e ele tinha medo do mar. Precisei me agachar para ele conseguir abraçar minha cabeça com seus bracinhos trêmulos.

— O papai está bem — repetia ele, como um mantra, apontando para o ponto distante que era a cabeça do pai. — O papai sabe nadar e está bem.

Esfreguei seus ombrinhos aveludados.

— O papai está bem — disse. — Ele está se divertindo no mar. Você pode ir com ele quando quiser.

Estava tão cansada.

— Eu vou — disse ele, pensativo. — Quero ir.

No verão seguinte, fiquei assistindo da praia enquanto Jamie oscilava pelas ondas com o pai.

Agora, balanço a cabeça. Willa e Nick estão voltando a passos pesados pelas ondas baixas, o sol apenas um risco de cor se estendendo pela água às costas deles.

— "*Sunrise, sunset*" — cantarolo, e então Willa me acompanha: — "*Swiftly fly the years! One season following another, laden with happiness and tears.*"[1]

— Mexilhõõões! — grita Willa. — Ai, meu deus, estou faminta!

De repente, percebo que também estou.

1. "O sol nasce, o sol se põe. Os anos passam voando! Uma estação segue a outra, cheias de felicidade e lágrimas." (N. T.)

3

Na doceria, Willa se irrita. Em especial, com Jamie, que resolveu comprar duzentos gramas de trufas recheadas em vez de passar uma hora analisando cada doce com ela, como se estivessem prestes a fazer uma prova cuja principal questão fosse comparar as marcas em oferta.

— Pode ir olhando com calma — diz Jamie para a irmã do banco na varanda na frente da loja, onde ele e Maya estão sentados sob os pisca-piscas, lambendo chocolate dos dedos. Nick e eu estamos no outro banco, dividindo um saco de pretzels cobertos de chocolate, apesar de eu já estar tão cheia de frutos do mar quanto uma foca. — Estamos sem pressa.

— A questão não é essa — diz Willa. Ela está parada sob o batente, segurando uma cestinha que atualmente abriga duas balas em formato de peixe e um pirulito. — Jamie, você não pode me deixar fazendo coisas de criança sozinha. É deprimente demais.

Esta doceria tem história! As crianças vibravam de empolgação só de ouvir falar dela. É quase doloroso como crianças pequenas abrem o coração com tamanha inocência — a maneira como ainda não aprenderam a esconder aquilo que é importante para elas, mesmo que seja um chiclete, um golfinho de pelúcia ou binóculos de plástico.

Jamie levanta.

— Pai, me dá um dólar? — pede ele, e Nick tira uma nota do bolso. — Vamos ver o que eles têm este ano! — diz ele, se juntando a Willa lá dentro.

E ela fala:

— Você é incrível.

— Maya, você também quer um dólar? — pergunto, e ela ri, responde que não precisa.

— Eles sempre foram assim? — indaga ela.

— A Willa e o Jamie? — Ela concorda com a cabeça. — Acho que a resposta é sim. Mas também, depende do que exatamente você está perguntando — digo.

— Humm. — Maya reflete, se inclinando para a frente sobre suas pernas douradas, brilhando como uma moeda de ouro. — Tipo, eles sempre foram tranquilos?

— Ah — respondo. — Acho que sim. Quer dizer, quando eles estavam crescendo, nem sempre. — Olho para Nick, que sorri com um ar reflexivo, mas acho que ele só está comendo os pretzels e viajando. — Na verdade, provavelmente eram assim com o Nick quando eram pequenos. Mas, às vezes, me sentia meio atordoada com as emoções e as explosões de todo mundo. — Isso que é minimizar as coisas! — E, quer dizer, havia dias em que eles brigavam, ou ficavam com raiva de mim, ou tristes com o fim das férias. O Jamie chorava toda vez que via folhetos de volta às aulas. Mas, sim, os dois sempre foram mais ou menos desse jeito.

— Devia ser tão divertido — diz ela. — Quando os dois eram bebês. Quer dizer, já vi fotos.

— Era divertido — concordo. Na minha lembrança, eles giram pelo mundo como bolas de praia alegres. E também deitam em cima de mim em um emaranhado choroso de braços e pernas tristes. Sinto como se Maya quisesse ouvir ou dizer alguma coisa, mas não sei bem o que poderia ser. — Foi divertido para você, ser criança?

Ela dispensa a pergunta com um aceno de mão.

— Não muito. Éramos muitos — responde ela. Maya tem quatro irmãos e é a filha do meio. — Era meio caótico. É, mas acho que também era divertido. Sei lá. Não era tão… — Ela hesita. — Intencional, do jeito como vocês sempre parecem.

— *Parecer* é a palavra-chave dessa frase — respondo, e ela sorri. — E acho que *intencional* também é um jeito educado de dizer *excessivamente engraçadinho*. Mas sim.

— Você queria ter tido mais filhos?

— Não — minto. — Dois foram o suficiente. E você? Quer ter filhos?

— Ai, meu deus, mãe. — De repente, Jamie está parado na porta com sua cestinha de doces. — Desculpa, Maya. Ela é uma pentelha.

— Não tem problema — responde Maya para ele. — Sim, com certeza — diz ela para mim.

Espero que só daqui a muito tempo! Não digo nada, apesar de essa ser minha próxima fala no roteiro de sitcom. Mas a verdade é que você nunca sabe com o que está lidando, não é?

Além do mais, somos interrompidos por Willa, que nos chama de dentro da doceria. O colar de balas a fez passar do limite de um dólar, e ela precisa de mais dinheiro.

Mais! Foi a primeira palavra de Jamie. É o chamado das crianças em todo lugar. E é como me sinto sobre o tempo que tenho com eles hoje em dia. Sobre ser mãe em geral, talvez, agora que os dias com excesso de trabalho ficaram para trás. *Mais, mais, mais!*

DOMINGO

4

Nick e eu estamos na fila da padaria, brigando baixinho sob o sol escaldante.

— Você está mesmo irritada comigo porque não consegui prever que doce você queria?

Tecnicamente, é por causa disso mesmo.

— Não — respondo. Suspiro. — Eu só me sinto tão… — O quê? — *desconhecida* por você.

— Porque eu achei que você fosse querer folheado de queijo com cereja?

— Porque eu nunca como doces de manhã. Estamos juntos há quase trinta anos, Nicky. Quando eu comi doces no café?

— Você comeu croissants de amêndoa quando fomos a Paris — diz ele.

Isso também é verdade.

— Tirando isso.

Ele suspira.

— Sei lá, Rocky. Acho que nunca. Desculpa por não te conhecer melhor. No quesito *padaria*.

Ele ri, o que me deixa irritada até o último fio de cabelo. A mulher de chapéu de palha diante de nós vira a cabeça para me fitar, voltando rápido a olhar para a frente. A mulher às nossas costas diz:

— Andem. Vocês podem andar. A fila está andando!

Esta cidadezinha puritana cheia de hortênsias foi completamente dominada pelos nova-iorquinos.

Damos um passo minúsculo para a frente, o suficiente para ficarmos embaixo da marquise da construção, e a sombra repentina melhora meu humor. Não posso pedir um simples bolinho de cheddar com cebolinha sem fazer um escarcéu, como diria meu pai?

— Desculpa — digo. — Me ignora. Acho que estou tendo uma onda de calor. E uma crise de abstinência de cafeína. Talvez também uma ressaca? Sei lá. Desculpa. Sou ridícula.

Nick passa um braço ao meu redor e beija a lateral da minha cabeça suada. A rapidez com que ele me perdoa é inversamente proporcional à lentidão com que pede desculpas.

— É mesmo — assente ele com carinho.

Depois de quarenta minutos, estamos voltando para o chalé com dois cafés com leite, quatro croissants de chocolate, um bolinho, três baguetes e uma notinha de sessenta e cinco dólares.

— Você acredita que já estamos acordados? — pergunta Nick, e estou pensando a mesma coisa.

Antigamente, as crianças acordavam primeiro, vestindo seus shortinhos e chinelos, prontas para irem à padaria antes mesmo de ela abrir, às sete. Tenho uma lembrança de Jamie com quatro anos, Willa uma bebê no canguru, eu com meu períneo para sempre arruinado, em que nosso grupo estava se movendo tão devagar que os quatro quarteirões se transformaram em uma maratona exaustiva de pés se arrastando e dedos apontados, com medo, para vários possíveis ramos de hera venenosa. Será que aquela criança assustada era realmente o mesmo Jamie que agora — pelo menos de acordo com uma foto no Instagram em que o marcaram — parece gostar de se pendurar na beira de um arranha-céu para inalar profundamente o conteúdo de um bong de vidro veneziano? O mesmo Jamie fofo, de olhos brilhantes, que só vai acordar no meio da tarde em todos os dias desta semana? Todos eles farão isso. “Amanhã, me acorde às duas”, disse Willa antes de ir para a cama ontem à noite. “Não quero perder nada!”

— O que você quer fazer agora de manhã? — pergunta Nick em um tom afável enquanto tomamos café da manhã na varandinha cheia de farpas do chalé. — Praia? Lagoa? Correr? Andar de bicicleta?

Apesar de as crianças estarem brevemente conosco nesta semana, nos acostumamos a nos organizar em torno do vazio que elas deixaram para trás. Jamie mora em Nova York e trabalha com alguma coisa de marketing ou engenharia em uma start-up de tecnologia. Willa acabou de terminar o terceiro ano de faculdade na Barnard. É tudo tão novo, o ninho vazio, que Nick e eu ainda puxamos assuntos desajeitados ao jantarmos no começo da noite, como se estivéssemos no milionésimo encontro desconfortável em uma casa de repouso. “O frango ficou meio seco, mas está gostoso”, já me escutei dizer em mais de uma ocasião.

— Humm — respondo agora. Estou escolhendo as letras da palavra “P-U-T-A” no joguinho de formar palavras no meu celular, só por diversão. *Esse termo não consta na lista*, responde o aplicativo, sério. Vejo a palavra “T-E-T-A”, mas me recuso a testá-la. O que sou eu, uma porca alimentando seus filhotes? — Estou com preguiça. Vamos tomar café, depois fazer mais café, e então, quem sabe, irmos à praia?

— Perfeito — diz Nick.

Ele também está fazendo alguma coisa no celular, apertando os olhos para enxergar sob a luz do sol.

— Você está jogando Scrabble? — pergunto, e ele concorda com a cabeça. — Com o Luca? — Assente de novo. Luca foi meu namorado na faculdade. Asha, a outra adversária favorita de Nick, é uma amiga que não fala comigo há vinte anos, desde que me acusou de não gostar do seu marido. E eu não gostava mesmo. — Você tem algum adversário que não seja algum ex esquisito meu?

Ele responde:

— A Debbie.

Preciso rir. Debbie foi namorada de Nick no ensino médio. Essa coleção específica de adversários amistosos resume muito bem Nick. Quando começamos a dormir juntos, na faculdade, fiquei incrédula com a minha sorte de encontrar alguém tão desprovido de ciúme. "Divirta-se!", dizia ele em um tom alegre quando eu saía para beber com um ex-namorado. Por outro lado, eu tinha medo de que esse excesso de simpatia fosse meio tedioso. Hoje, o excesso de simpatia — seu impulso gentil de topar tudo — se tornou a base da minha vida. Gostaria de me deparar com algum sinalzinho sexy de possessividade de vez em quando? É bem provável que sim.

Na cozinha minúscula, embaixo da escada em caracol que leva ao mezanino onde Nick e eu dormimos, vejo que a antiga cafeteira branca foi substituída por uma máquina da Nespresso vermelha num tom de maçã do amor. É um avanço claro na questão das bebidas, mas fico um pouco triste. Aquela cafeteira velha, com o plástico amarelado! Eu tinha uma relação quase romântica com ela. Abro os armários de pinho, procurando por cápsulas de café, fechando as portas com cuidado, já que Willa está dormindo no sofá-cama a menos de dois metros de mim. Cada armário exala um aroma de temperos e de outra coisa familiar, o que — parando para pensar — é provavelmente de ratos.

Esta não é uma casa de aluguel chique. Quando Nick a encontrou na internet, leu a descrição em voz alta para mim.

— Parece legal — disse ele.

— Sim — respondi —, mas *projetada por arquitetos*? Isso já não seria o esperado? É como se esse fosse o melhor detalhe da casa, que ela não foi projetada por contadores ou surfistas.

Ainda assim, o chalé era bem mais barato do que tudo que tínhamos visto — uma entre um conjunto de casinhas fofas revestidas com telhas de cedro. Como era o costume com as antigas casas de aluguel em Cape Cod, precisávamos levar lençóis e toalhas. Ainda precisamos.

Arrá! As cápsulas estão na gaveta com o rolo de papel-alumínio, sacos herméticos, pregadores, sachês de ketchup e molho de soja recebidos com entregas, uma vela usada e três dados. Estou apertando o botão LIGAR na máquina quando Maya sai correndo do quarto e entra no banheiro, batendo a porta. Willa senta no sofá-cama com os olhos arregalados.

— Eita! — digo, e Willa faz uma careta. Maya está tossindo de um jeito escandaloso, forte, ou vomitando, o que é mais provável. Se uma virose assolar o chalé, vou serrar minha cabeça fora com a faca de pão cega. — Ai, meu deus — falo para Willa. — Não acredito que isso está acontecendo de novo.

— De novo? — indaga ela. — Ah, você quer dizer *de novo* desde que aconteceu naquele verão quando eu tinha uns quatro anos?

— É — respondo, envergonhada. — Não percebi que fazia tanto tempo.

— Coitada da Maya — comenta Willa.

E digo:

— É. Eu quis dizer *coitada da Maya*!

Escutamos a descarga ser acionada com sucesso (ainda bem), a água correndo na pia, e Maya surge com o rosto pálido.

Passo um braço ao redor de seus ombros lindos, afasto os cachos suados do seu rosto.

— Coitadinha de você — digo. — Será que você está grávida?

Willa arregala os olhos, horrorizada.

— Ai, meu deus, mãe! Você pode não falar essas coisas? Desculpa, Maya. Ela não tem filtro nenhum. Você sabe.

— Não estou grávida — diz Maya, e ela ri, bate os nós dos dedos no batente de madeira. — Talvez tenha sido alguma coisa que comi ontem. Um dos mexilhões estava com um gosto esquisito.

— Você acha que está se sentindo melhor agora?

— Com certeza — responde ela.

Maya se inclina para pegar Frango, nosso velho gato imenso, então senta no sofá-cama ao lado de Willa. Decido ignorar minhas tendências germofóbicas chatas, não cantar a musiquinha sobre micróbios e contágio, e dar um copo de água tônica gelada para ela. Nick entra pela porta de correr no instante em que seu café fica pronto.

— Estamos tendo um surto de vômitos por aqui — digo, e ele se vira com um olhar solidário para as meninas, que estão sentadas no sofá-cama, com Frango esticado no colo das duas.

Willa aponta para Maya. Nick franze a testa, concorda com a cabeça, aceita a caneca que lhe entrego e senta à mesinha redonda apertada embaixo da escada.

Jamie sai amarrotado do quarto e se espreme no sofá-cama.

— Você está bem, amor? — pergunta ele.

Maya dá de ombros, sorri e responde:

— Estou, acho.

— Minha mãe já perguntou se você está grávida? — continua ele, e ela concorda com a cabeça. — Um clássico — diz Jamie, e balança a cabeça.

Corto um pedaço da baguete e a exibo com um olhar questionador. Maya estica a mão.

Já que, por incrível que pareça, todos estamos acordados, decidimos ir à praia juntos. Mas primeiro: a épica produção de sanduíches! Reclamo dessa parte da minha rotina de viagem, só que adoro fazer isso, e todo mundo sabe. Procuro minha tigela favorita — estampada com cogumelos escandinavos — e misturo três latas de atum com meio pote de maionese, muito aipo, picles de pimenta-malagueta com um pouquinho do líquido do pote. Jamie, Nick e eu queremos endro fresco e pepinos nos nossos sanduíches. Nick também quer molho de mostarda e mel, alface, manjericão e tomates, apesar de eu julgá-lo pelo caos culinário. Willa, vegetariana que come mexilhões, quer um sanduíche de muçarela e pimentão assado, assim como Maya, embora não saiba se conseguirá comer. Willa quer manjericão fresco e um fio de azeite balsâmico; Maya só quer pepinos.

Bem-humorada, reclamo de como todo mundo quer coisas diferentes, embalo os sanduíches no papel-alumínio, guardo tudo no cooler, acrescento um pacote de biscoitos recheados, um saco grande de cerejas, batatas fritas sabor picles, meia dúzia de latinhas de água tônica sabor limão e limão-siciliano, um grande jarro cheio de água com fatias de limão e duas latas de cerveja. Desaparecemos no quarto para trocar de roupa, e, enquanto algumas de nós (Willa e eu) passamos protetor solar, os outros dizem que farão isso na praia.

— Espero já ter morrido quando vocês tiverem câncer de pele — digo para Jamie.

E ele responde:

— Beleza, mãe. — Mas não tira os olhos do celular.

Nick passa o protetor nas minhas costas como se fosse o abominável homem das neves com patas imensas, sujando meu cabelo e meu maiô novo no processo. Quase espero que ele fique grunhindo atrás de mim como Frankenstein.

— De nada — diz ele quando reclamo.

— Mãe, passa em mim — pede Willa. — Não é nada pessoal, pai.

Às vezes, quando tenho uma desculpa para tocar nas crianças, preciso me controlar para ser normal. O corpo perfeito delas! Tão distantes de mim agora. Quando os dois eram pequenos, o contato físico era *excessivo*. Exagerado. Pele contra pele na cama, na banheira, na praia. Suas perninhas grudentas, arenosas, envolvendo meu torso a cada segundo, as mãos sujas de picolé no meu cabelo. Eu adorava. Afundava o rosto para inalar o couro cabeludo e a testa deles. Eu daria tudo para fincar uma bandeira em mim mesma — determinar a posse de cada milímetro da minha pele. Naquela época, se Nick passasse sua mão desejosa, cheia de areia e de protetor solar na lateral dos meus seios, eu dizia, como o alerta em um livro sobre longevidade matrimonial: "Você só pode estar de sacanagem, né?". Mas há tão menos disso tudo agora — de toques e apertos. Sinto falta.

E sei que não deveria tocar nesse assunto enquanto passo protetor solar na seda avermelhada que é a pele de Willa. Ela é praticamente uma fruta humana — um pensamento que guardo para mim mesma. Ops! Ou talvez não.

— Não sou um *pêssego* — diz ela em um tom irritado, como se tivesse cinco anos. *Sou grande. Sou uma **adulta**!*, não diz ela.

No quesito deveres maternais, passar protetor solar nas crianças é tão satisfatório quanto servir tigelas fumegantes de sopa para elas no jantar. Quando os dois eram pequenos, até parecia que eu passava piche quente em Willa e Jamie. Eles *queriam* ter câncer de pele, choramingavam. Queriam o protetor em spray, que eu proibia por ser um desregulador endócrino. Juravam que a primeira coisa que fariam ao completar dezoito anos seria nunca mais usar protetor solar. "Talvez a *primeira* seja comprar uma revista com gente pelada, e *depois* será não usar protetor", cedeu Jamie sobre seus planos impressionantes para a maioridade. Coloquei um frasco de protetor em aerossol na meia de Natal deles ano passado, porque sou hilária. "Ha, ha, muito engraçado", disseram eles.

— Argh, você está passando protetor demais — reclama Willa agora, virando a cabeça de cabelos escuros raspados para me fitar com os olhos castanhos apertados, seus cílios formando uma franja exuberante e irritada.

Respondo:

— Bem, você tem vinte anos, querida, pode ficar à vontade para...

E ela me interrompe:

— Para. Meu deus. Só passa menos.

Assim que todo mundo fica pronto, já são, misteriosamente, uma da tarde — um fenômeno que chamamos de o Túnel do Tempo de Cape Cod e que nunca entendemos. Sempre é uma da tarde quando saímos para a praia, não importa quando começamos a nos arrumar. Compramos o adesivo anual para podermos estacionar na área protegida e pegar o bonde para a praia. Todos adoram o bonde. Às vezes, quando as crianças eram pequenas, simplesmente ficávamos nele e passávamos metade do dia assim, dando voltas, conversando e lanchando. "Há quanto tempo não vejo vocês!", exclamava um motorista específico, arrancando risadas das crianças. Era tão relaxante — um prazer decadente, por algum motivo, como se eu devesse preferir carregar todo mundo em suas fraldas sujas de praia, chorando, pela areia quente.

Agora, enquanto esperamos na parada do bonde, Jamie pergunta se abriríamos mão de nossa vida por uma melhor — só que ela seria uma simulação.

— Basicamente, você teria uma experiência de realidade virtual — explica ele. — Mas seria muito, muito prazerosa.

Ele é alegria pura, esse garoto. Cheio de covinhas e uma curiosidade intrigada, seu cabelo escuro caindo sobre a testa igual ao do pai. Nós o chamamos de O Inventor de Ideias.

Encontro o olhar de Maya, e ela articula com a boca: *Ele é uma gracinha!*. Nenhuma de nós duas presta muita atenção no que ele fala, mas Willa o escuta.

— Sei lá — responde ela. — Eu desapareceria da minha vida real, e as pessoas sentiriam minha falta?

— Sim — diz Jamie.

Willa suspira.

— Então com certeza eu ficaria com minha vida real.

— Eu não! — afirma Nick, enfático. — Escolheria a vida virtual divertida. — Viro a cabeça para encará-lo, e ele dá para trás. — Quer dizer, se a mamãe não se importar — acrescenta, nada convincente. — Não que minha vida já não seja perfeita — continua ele, ainda sem convencer ninguém.

— Faz sentido — comento —, você já é praticamente um robô mesmo.

Eu pretendia soar mais bem-humorada do que acabo sendo, e as crianças trocam olhares nervosos antes de Willa falar:

— Que fora. — E eles riem.

— É verdade — diz Nick, afável. — O mundo dos sentimentos humanos não é meu forte.

— Nem o meu — concorda Jamie, e os dois batem punhos.

Meu deus.

Sei que eu também escolheria esta vida. Escolheria até a maneira que a dor me trouxe luz. Mas a dor em si? Acho que eu abriria mão dela.

5

Nick, Jamie e Maya estão no mar com suas pranchas de bodyboard. Da areia, onde estou sozinha, os vejo rindo. Também vejo focas pretas ocasionais erguendo a cabeça da água como cachorros, apenas para mergulharem de novo. Fico buscando por barbatanas de tubarão, ou pelo menos tento fazer isso, apesar de o grau dos meus óculos de sol ser pré-histórico.

No outono em que Jamie tinha quatro anos e Willa ainda não havia completado um ano, pedi a Nick para me trazer a esta praia. Era setembro, e reservamos uma única noite em um hotel barato com o dinheiro que não tínhamos.

— Só me deixa lá, tá? — pedi a ele. — Você pode me deixar na praia e levar as crianças para tomar sorvete ou coisa assim? Volte para me buscar em uma hora.

— É claro — respondeu ele.

Nervoso, me deu um beijo antes de eu sair do carro. Na época, ele tinha pavor de mim. Nadei, nadei — voltei para a areia com relutância, e só depois de não sentir mais as pernas. O céu exibia o azul impossível de um giz de cera.

— Está tudo bem? — Willa para ao meu lado, passa um braço levemente tatuado ao redor dos meus ombros.

— Claro! — digo, e ela fita o meu rosto, seca uma lágrima com o dedão.

— Você está chorando porque seu matagal cresceu tanto que dá para fazer uma trança? — Olho para baixo e rio, decidindo guardar para mim mesma o fato de que o matagal está *diminuindo* agora, entre todos os horrores irônicos.

— Ai, meu deus, espera — diz ela. — É daí que veio a palavra "mato"?

— Acho que é ao contrário — respondo.

— Ah, é. — Ela concorda com a cabeça. — Você está chateada com meu pai por causa de alguma coisa?

— Acho que não — digo.

E ela responde, abaixando-se para pegar uma concha perolada creme, do tipo que sempre chamamos de *concha-unha*:

— Que bom.

— Você não precisa se preocupar comigo — declaro.

E ela devolve:

— Discordo. Quer subir e almoçar embaixo do guarda-sol comigo?

Quero.

Apesar das muitas fotografias alegres que sugeriam ao contrário, eu não gostava de almoçar na praia quando as crianças eram pequenas. Elas pareciam tão comprometidas a encher de areia o cooler, o saco de batatas fritas, o saco de cerejas, os biscoitos recheados, os pretzels. Elas largavam os sanduíches na areia, derrubavam meu chá gelado; entornavam areia sobre as próprias cabeças suadas sem motivo aparente e choravam. Enfiavam os dedinhos arenosos nas minhas narinas. Me apertavam com suas palmas arenosas. Enchiam as toalhas e minha mente de areia. Eu só queria dois segundos livres de areia para engolir os sanduíches de manteiga de amendoim e geleia e deixar a hora do almoço para trás.

Mas agora? Agora, gosto tanto de almoçar na praia que solto uma gargalhada.

— O que houve, sua esquisita? — pergunta Willa, e balanço a cabeça, dou de ombros.

— Só estou feliz.

— Você está mesmo no auge da sua vida, mãe — comenta Willa alguns minutos depois.

Acho que devo estar mesmo! Enfiei uma porção generosa de batatas fritas dentro do meu sanduíche e estou sentada de pernas cruzadas sobre uma de nossas velhas cangas listradas, dando mordidas grandes e bebendo uma lata de cerveja com goles fartos. Eu costumava usar uma saída de praia comprida. E um maiô com saia embutida para ninguém ver minhas coxas brancas e cheias de celulite na vergonhosa caminhada exposta da toalha até o mar. Eu me torturava com pensamentos sobre as partes molengas do meu corpo. Mas, nos últimos anos, cheguei à conclusão de que ninguém prestaria atenção em mim nem se eu estivesse sentada ali completamente nua. Tirando Nick, que provavelmente diria um "Que gata!" antes de me pedir para lhe passar as uvas.

— Não me importo mais com minhas celulites — anuncio.

— Muito sábio — diz Willa. — Quer dizer, sob o ponto de vista evolutivo, a celulite provavelmente está salvando sua vida. — Ela morde o sanduíche e continua falando, o óleo do pimentão brilhando em seus lábios. — Pensa comigo. Mulheres velhas? Para que elas servem?

— Não me ofendi — respondo.

— Sem ofensas — acrescenta ela logo depois, e ri, mastigando com ar pensativo. — Vocês não geram bebês, então ninguém acha que precisam ser gostosas. Mas talvez vocês sejam úteis: podem cuidar dos bebês de outras pessoas, ajudar a mantê-los vivos por tempo suficiente para se reproduzirem também. Assim, ainda são geneticamente importantes.

Uma fatia de muçarela desliza para fora do sanduíche dela, caindo na areia, e Willa a pega, lava com água tônica e enfia na boca.

— E a celulite? — pergunto.

Willa estica um dedo, termina de mastigar, engole e bebe sua lata.

— Vocês precisam da celulite como uma reserva de energia para o caso de os patriarcas decidirem que vocês são velhas e inúteis, e cortarem sua comida.

Ela dá de ombros.

— Faz sentido. Como está o seu sanduíche? — pergunto, presunçosa. Sou conhecida por amar elogios.

— Ai, meu deus, incrível! — exclama ela.

— Ele está um *arraso*? — indago.

Ela me encara com seriedade e responde:

— Não sei se está um *arraso*.

— Fala que está um arraso — insisto.

E ela diz:

— Está um arraso. E um passarinho escapou.

Willa aponta para meu maiô, de onde um dos meus seios escapuliu. Seria impossível amar mais essa garota.

— Tive outro sonho erótico com *Top Chef* — digo.

E ela responde:

— Ahhh! Me conta.

— Tinha, tipo, meio que um livro decorativo? Com a foto de uma vulva feita de pétalas de flor? Só que não eram pétalas, eram fatias de mortadela. E a Padma Lakshmi pegava uma e a comia.

— Mãe. — Willa pisca para mim. — Mãe, você com certeza é a pessoa mais bissexual do mundo.

— Não sou? — digo. — Isso aí, sou mesmo.

Os nadadores voltam cambaleando até nós, pingando e morrendo de fome. O papel-alumínio farfalha, sanduíches, biscoitos recheados, batata fritas e frutas são devorados, e Jamie revira a bolsa azul grande da IKEA em busca do kit de frescobol. Ele encontra as raquetes, mas não a bola.

— Ai, meu deus, mãe, o que tem aqui dentro?

— O que *será* que tem aí dentro? — pergunto, curiosa. — Apesar de eu achar que não sou a pessoa responsável pelo conteúdo da bolsa de praia.

Jamie tirou todos os brinquedos de areia — a praia ao seu redor agora está cheia de baldes e pás coloridos, equipamento de snorkel, uma pazinha de jardinagem toda enferrujada, um coador de café de plástico, dois frisbees pequenos com o logotipo da barraca de frutos do mar —, e continua pegando coisas.

— Por que tem *pedras* aqui dentro? — pergunta ele.

E Willa responde:

— Devem ser minhas.

Mas ela não ergue o olhar da *New Yorker* que está lendo.

— Tem lixo aqui! — Jamie exibe uma bola de papel-alumínio, um copinho de sorvete. — Por que carregamos esta merda para a praia todo verão? Ai, meu deus, tem um Smencil de canela!

— O que é um Smencil? — pergunta Maya.

— É um lápis com cheiro — responde Willa. — Apesar de eu sempre ter achado que parecesse um nome judeu. Tipo: *Ah, não podemos neste fim de semana! É o bar mitzvah do Smencil.*

— Tem *outro* Smencil — diz Jamie. — Também de canela.

Maya espia a sacola.

— Parece uma escavação arqueológica — comenta ela. — Todos os estratos dos seus artefatos de infância.

Maya estudou arqueologia na faculdade e agora trabalha no Museu Nacional de História em Nova York. É gerente da coleção de invertebrados e fala muito sobre mexilhões, e fósseis, e fósseis de mexilhões. Além disso, faz doutorado em paleontologia, ou seja, é *uma gênia*.

— Isto não é um artefato da minha infância — diz Jamie, erguendo um absorvente parcialmente embalado.

— Me dá isso — digo. — Desculpem. Este é um artefato da minha fertilidade.

Assim como vocês, não digo para as crianças. *Assim como minhas cicatrizes.* Nick encontra meu olhar e sorri. Sorrio de volta.

— Eureca!

Jamie encontrou a bola, e ele e a irmã vão brincar na praia, como as crianças que serão para sempre.

6

No caminho de volta da praia, Nick deixa a mim e a Willa na lagoa. Ele vai estacionar na casa, deixar Jamie e Maya lá, e voltar andando para nos encontrar. Não é muito longe — só estamos com calor, cheias de areia e com preguiça.

Há muitas crianças na área separada para nado com uma cordinha, e alguns aglomerados de mato verde viscoso. A água bate na nossa cintura.

— Não me lembro de ter tantas algas no ano passado — diz Willa.

Uma criança de óculos de mergulho diz em um tom anasalado:

— Na verdade, são *plantas marinhas*.

— Obrigada por praticar o *mansplaining* desde pequeno e me explicar errado — declara ela.

E ele responde, confuso:

— De nada.

— Sinto que, no dia em que eu tiver um doutorado em biologia, homens de todas as idades vão continuar se achando no direito de me corrigirem falando besteira — afirma Willa.

— É bem provável — respondo. — Vamos nadar.

Passamos por baixo da corda de nylon e nadamos cachorrinho em boias do tipo macarrão até o meio da lagoa. As lagoas locais parecem tigelas pretas, cercadas por árvores. São escuras e fundas, perfeitamente geladas quando você se afasta o suficiente das margens. Uma vez, Maya explicou como elas se desenvolveram há dezoito mil anos, com o derretimento das geleiras — uma quantidade de tempo que me deixa até um pouco tonta.

— Olha só! — diz Willa, e me entrega sua boia para dar uma cambalhota embaixo da água.

Bato palmas quando ela volta à tona, e ela ri.

— Vou ser uma criança para sempre? — pergunta ela.

Respondo:

— Espero que sim!

— Credo! — exclama Willa de repente.

E eu digo:

— Sensação de cobra?

E ela concorda com a cabeça. Nós duas temos pavor de cobras e frequentemente nos assustamos ao imaginar que vemos ou sentimos uma. Eu a segurava na lagoa como se ela fosse um bebê, me esforçando para não gritar sempre que algo esbarrava nas minhas pernas submersas. Mas meu medo passou para ela mesmo assim. Quando era pequena, usando boias de braço, Willa jogava água e berrava: "Uma cobra! Uma cobra!". E sabe a verdade terrível? Às vezes, havia mesmo cobras. Às vezes, há mesmo.

Willa escreveu sobre esta lagoa em sua redação no processo de admissão em faculdades, e eu adorei. Ela falou sobre as todas as suas memórias e experiências: como aprendeu a nadar aqui; como este local lhe trazia felicidade, mas também ansiedade; como Jamie lhe ensinou sobre moléculas enquanto os dois descansavam sob uma sombra; como minha mãe lhe mostrou onde havia arbustos de mirtilos na beira da água; como ela se assumiu para nós aqui. Na sua versão preferida da história, Willa nadou até nós, anunciou que era lésbica, e eu disse: "Que novidade". Não foi bem assim que aconteceu, mas quase. A redação ficou incrível.

— Você acha que o texto transmite bem o suficiente o potencial de liderança dela e coisas assim? — Preocupou-se Nick. — Não é isso que sempre querem?

— Não — respondi. Sou escritora e já trabalhei como freelancer na correção de provas de admissão. — Acho que as faculdades estão entendendo aos poucos que aceitar apenas futuros líderes não vai dar certo, sob um ponto de vista prático.

Porra, eles também não precisam de seguidores?, foi o que não falei. Porque eu era muito zen!

— Beleza, tudo bem. Então a redação não é muito... excêntrica? — perguntou Nick.

— Ela fala sobre conexões. Relacionamentos. — Minha tentativa de ser zen foi por água abaixo, se transformando em um jorro de palavrões. — Foda-se se eles não gostarem. Tipo, quero mais é que se fodam. Eles acham que vão conseguir alguém melhor do que a Willa? Porra nenhuma. Babacas.

— Então tá! — disse Nick para me fazer rir.

E eu ri. E também arranquei minhas roupas, porque estava tendo uma *onda de calor forte pra caralho.*

— **Ah, olha!** O pai chegou!

Nick acena para nós da areia e entra na água ao nosso encontro.

Ele nos cumprimenta com um oi baixo, e a lagoa leva o som diretamente para nossos ouvidos.

— É a refração das ondas sonoras — explica Willa. — Acho isso tão legal. Ah, vocês lembram quando a gente brincava de Jogos Olímpicos de Verão aqui? — Lembro. — O Jamie sempre inventava os revezamentos e as competições mais engraçadas.

Isso é verdade. Jamie fazia a gente nadar cachorrinho com uma pedra embaixo de cada axila ou com a bunda o tempo todo para fora da água. Conduzíamos cerimônias de premiação com medalhas na areia. Inclinávamos a cabeça para Jamie pendurar cordões de contas de plástico colorido em nosso pescoço e cantávamos hinos inventados de nossos países imaginários. Uma vez, e nessa época as crianças já frequentavam o ensino médio, estávamos no meio de um evento específico quando a garota da escola de quem Jamie gostava passou por acaso pela praia.

— Oi, Jamie! O que vocês estão fazendo? — perguntou ela.

E Jamie arrancou a coroa de flores da cabeça e respondeu:

— Só passando o tempo.

— Mas lembram como eu sempre reclamava que as equipes eram pequenas demais? — Willa suspira.

— Lembro — respondo.

— Sempre quis mais irmãos — diz ela. — Queria mais crianças.

— Eu sei que você queria — digo.

Eu também queria.

7

Reviro o armário de remédios em busca da pomada para hera venenosa. Encontro o mesmo frasco de loção pós-sol que está aqui desde que começamos a alugar a casa. O mesmo tubo prateado amassado de bronzeador com FPS zero — ah, o glorioso bronze laranja do meu passado! —, que abrirei mais tarde para inalar o aroma dos meus futuros carcinomas de pele. Há meio frasco de xarope para tosse, um sabonete em formato de concha desembalado, uma caixa de band-aids variados na qual restam apenas os menores, e um talco que é feito de talco de verdade e, possivelmente, amianto.

— Acho que acabou — digo para Willa —, mas posso ir à farmácia comprar.

Quando saíamos da lagoa, ela se inclinou sobre um arbusto para pegar um mirtilo. Só percebeu que estava tudo coberto com hera venenosa depois de voltar para a trilha.

— Talvez eu não precise. — Ela está sentada na beira da banheira, olhando para o celular. — Aqui diz que esfregar bem com um pano e qualquer sabonete é mais eficiente do que passar cremes. Nossa — acrescenta ela, séria. — Dá para acreditar que o capitalismo vende algo de que a gente não precisa?

Willa abre a torneira da banheira e começa a esfregar as canelas e os tornozelos. Frango senta empertigado no tapete do banheiro para supervisionar, ocasionalmente esticando uma patinha branca para bater na ponta balançante da toalha. No primeiro verão que o trouxemos com a gente, ele escalou a cortina do banheiro e se enfiou no buraco estreito entre o teto do banheiro e o telhado. Nick precisou levantar Willa até lá para ela enfiar sua mão pequena com um petisco e chamá-lo de volta. Pergunto a Willa se ela lembra, e é claro que lembra, apesar de ter apenas cinco ou seis anos na época.

— Não me lembre do quanto ele é velho! — diz ela. — Você sabe que não gosto de pensar nisso.

— Nem eu — respondo, apesar de eu pensar mesmo assim.

Às vezes acho que, se um gênio subitamente saísse de uma chaleira e me pedisse para escolher cinco pessoas a quem conceder vida eterna, Frango seria uma delas. Esse é um dos segredos mais bobos que guardo.

Na cozinha, o liquidificador zune. Jamie está preparando alguma diversão para o happy hour: mojitos de coco com muito limão-siciliano e ramos imensos de hortelã que ele tirou do vaso lá fora.

— Quem quer? — oferece ele, e todo mundo quer, apesar de Willa pedir o dela sem álcool.

— Gente, posso pegar o carro mais tarde? — pergunta ela. — Vou me encontrar com a Callie.

— Quem é Callie? — indago.

— A Callie da loja de surfe — responde Jamie, entornando rum em quatro dos cinco copos e piscando para a irmã.

Sentamos na varanda, onde Nick já serviu um patê de anchovas defumadas com um pacote de biscoitos de água e sal, e um pedaço de queijo Brie para Willa.

— Tudo bem, então você abre uma exceção para mexilhões, mas não para anchovas? — pergunta Jamie para Willa.

E ela responde:

— Isso mesmo.

— Mas por que mexilhões? — insiste ele. — Quer dizer, se você comer um prato de mexilhões são, tipo, umas vinte e cinco vidas ali. Mas você poderia comer umas cinquenta fatias de bacon que são todas do mesmo porco.

Willa concorda com a cabeça, estica um dedo enquanto termina de mastigar.

— Eu sei. Também já pensei nisso. Mas você consegue imaginar *A menina e o porquinho* com o Wilbur sendo um *mexilhão*?

Jamie reconhece que a história provavelmente seria menos triste.

Presto um pouco de atenção em Maya para ver se ela bebe seu drinque — e ela bebe. Pelo menos parece beber. Meu cabelo está molhado da lagoa. Willa continua enrolada na toalha depois de resolver o problema com a hera venenosa. O céu noturno está deixando para trás o azul e ganhando tons de rosa-claro, e tudo é tão, tão incrível.

— Por que isto é tão gostoso? — pergunto sobre o patê.

Jamie lê os ingredientes.

— Raiz-forte? — questiona ele. — Limão? Férias?

Tudo é sempre tão fácil com filhos adultos! Tudo bem, isso é mentira. Eles têm problemas, se afastam, às vezes ficam de coração partido. Podem se irritar, se ofender, emudecerem. Eles se rebelam contra a existência de seus pais, contra sua existência — contra os julgamentos que exalam de você, pai ou mãe, ao mesmo tempo que você se esforça para se reprimir. Ainda assim, há tanto contentamento, pelo menos em comparação com antes. Porque era um caos absoluto viajar quando eles eram pequenos. Era preciso carregar não só os bebês, as crianças pequenas, todo mundo empanado de areia como um bife à milanesa, mas também toda a parafernália: as fraldas e panos e roupas e garrafas de qualquer que fosse o líquido que precisassem naquela fase. Caixinhas de suco e uma barraca e chupetas e bichinhos de pelúcia (os bichinhos de pelúcia menos amados, se você conseguir, só para o caso de o impensável acontecer, e acontecerá). Sim, o bebê ri histericamente quando você diz a palavra "*blergh*", mas talvez você passe metade do dia jogando fora fraldas de natação ou convencendo alguém a ir ao banheiro químico. Talvez você acabe *demonstrando* como usar o banheiro químico no meio do estacionamento — "aí a porta vai fechar, mas não precisa se preocupar com o trinco, porque vou estar bem aqui fora" —, percebendo, só quando já é tarde demais e eles choram sem parar por causa do fedor, que teria sido mais rápido levá-los até o chalé para usar uma privada de verdade. Que teria sido mais fácil se formar em engenharia aeroespacial e construir um foguete para que eles conseguissem fazer cocô diretamente na superfície inodora da Lua.

Apesar das fotografias alegres e da nostalgia chorosa, apesar de como você olha saudosamente para trás e enxerga apenas sua clavícula definida e seus ombros bronzeados e lindos, as crianças coradas e perfeitas, é provável que você passasse a semana inteira tentando loucamente convencer alguém a não morder um tablete de manteiga.

Então há os anos com crianças de verdade. Crianças que conseguiam se locomover sozinhas, fazer suas necessidades sem muito drama e, quem sabe, até carregar a própria prancha de bodyboard ou um remo. Que conseguiam jogar minigolfe, contar uma piada boba, construir um castelo de areia, ler um livro infantil na sombra, colocar uma fatia de queijo sobre um biscoito de água e sal. Seus dentes caíam quando menos se esperava, mas elas eram boas companhias e ainda inocentes, ainda empolgadas com conchas, caranguejos-eremitas e com os picolés do Bob Esponja com olhos de chiclete que compravam no caminhão de sorvete. Talvez um olho de chiclete caísse na areia e elas chorassem um pouco, mas logo esqueceriam aquilo sem que você precisasse esconder o olho na areia e construir um monumento de conchas onde as pessoas iriam para chorar e lamentar, como se o olho fosse Elvis enterrado em Graceland.

Essas criancinhas mais velhas eram capazes de passar o dia inteiro reclamando de um passeio de bicicleta que você sugeriu, mas iam para a cama cedo, limpas, com o cabelo molhado, usando pijama listrado. Depois de ler para elas uma história sobre um rato náufrago e sua amiga baleia, você podia sair de fininho para a varanda com o pai delas e uma garrafa de vinho rosê barato.

Um pouco depois, as crianças aprenderam a jogar Catan, e suas férias entraram nos eixos. Sim, elas reclamavam da falta de privacidade e de limites porque você batia à porta e perguntava se podia entrar para fazer xixi enquanto elas monopolizavam o banheiro por uma hora misteriosa. Achavam que boa parte dos seus comportamentos fossem *esquisitos*, mesmo quando você estava imersa no oceano Atlântico. Talvez você se distraísse com uma espinha raivosa na testa delas — com a maneira como ela brilhava sob o sol feito um aviso: *Alerta vermelho! Esta adolescente está menstruada! Bater em retirada!*. Poderia haver papéis de bala e sacos de Doritos espalhados por todas as superfícies quando você acordasse no chalé, um odor estranho no ar que não é culpa somente de hormônios e suor. Era maconha? Era um gambá? Ninguém sabia.

Mas isto? Estes filhos adultos, depois de a sua própria vida se tornar tão tranquila? ("Seu pai e eu descongelamos o frigobar" é uma mensagem real que certa vez enviei quando perguntaram como estava nosso fim de semana.) Os filhos que misturam drinques, fritam lulas, vão de carro até a barraca de milho e contam histórias engraçadas sobre o estoque de kombucha no trabalho? Eu nem imaginava que seria tão bom. Se alguém tivesse mostrado a mim e a Nick vídeos desses momentos enquanto estávamos agachados na praia, tentando consolar uma criança que chorava pelo fato de a areia ter *cheiro de camarão*, não teríamos acreditado neles.

— **Isto é novo?** — pergunta Jamie, batendo com os nós dos dedos no tampo de vidro. — A mesa não era de plástico?

— Acho que trocaram no ano passado — responde Nick. — Ou talvez tenham trocado todos os móveis externos durante a pandemia?

— Acho que já faz uns dois anos que jogaram fora aquelas cadeiras brancas — diz Maya.

— É estranho eu ficar meio ofendida quando trocam as coisas? — indaga Willa. — Tipo, nem perguntaram nada para a gente!

No ano passado, o sofá de dois lugares com uma estrutura esquisita de bambu e estampa de hibiscos foi trocado por um sofá-cama moderno e confortável, e todo mundo achou esquisito. Mas a mesa de centro bamba, também de bambu, continua lá, pelo menos — a que tem tanto espaço entre as varetas amarradas que sempre faz o controle da televisão cair no chão. Não dá para colocar nem uma lata de água tônica em cima dela. "Adoro essa mesa", Willa vive dizendo com carinho. "Ela é tão inútil."

— Também fico com essa sensação — declara Jamie. — Para mim, este é nosso espaço compartilhado. Nós o dividimos com os donos. E não gostei da placa nova de madeira com A VIDA É UMA PRAIA.

— Nem eu — concorda Willa, e eu rio.

As pessoas que insistem que devemos ser gratos em vez de reclamarmos? Talvez elas não entendam quanta gratidão é possível sentir pela oportunidade de reclamar.

Jamie e eu juntamos os pratos e entramos pela porta de correr para fazer o jantar.

— Tem certeza de que você não vai se incomodar com o cheiro? — grito para Maya, me referindo às vieiras que seco com uma folha de papel-toalha. — Você está bem mesmo?

— Estou ótima! — berra ela, e decido parar de me preocupar.

Jamie prepara sua famosa salada de batatas — que tem muito endro fresco, picles picado e aipo, com as batatas cobertas pelo molho enquanto ainda estão quentes, para absorverem todo o vinagre temperado, salgado. Esquento água para as vagens e procuro a frigideira de ferro fundido na gaveta embaixo do fogão estreito. Jamie e eu ficamos nos esbarrando, batendo no quadril um do outro quando abrimos gavetas — a cozinha é minúscula. Nick arruma a mesa. Pega os pratos e talheres se esgueirando entre nós, acende as velas temáticas que desencavou do armário com jogos de tabuleiro. As meninas estão na cama, assistindo a vídeos no TikTok de alguém que inundou o porão com água e o transformou no habitat de enguias. Ou talvez eu não tenha escutado direito.

— Você quer o tofu grelhado que eu trouxe de casa? — pergunto a Willa, e ela quer.

Depois que as batatas saem do escorredor, ponho as vagens na água, salgo as vieiras e coloco a frigideira no fogo alto. Nela, acrescento um fio de azeite e depois um pedaço de manteiga, que imediatamente forma bolhas e fica marrom. As vieiras chiam e espirram na frigideira, como esperado, gerando uma nuvem de vapor salgado. Jamie escorre as vagens para mim, cobre-as com manteiga e sal, rala um pouco de casca de limão por cima e aperta o fruto para obter algum suco. Quando ele termina de cortar outro limão para os frutos do mar, as vieiras estão bem douradas, daquele jeito grudento que amamos.

— Um brinde, queridos — digo quando sentamos. — Obrigada por estarem aqui com a gente! Esta é uma semana tão especial.

Brindamos nossos copos, e Maya diz:

— É, sim.

E pisca — pisca mesmo? — para mim.

SEGUNDA-FEIRA

8

Abro os olhos para a luz do sol que nos cerca na cama do mezanino, a claraboia se mostrando um quadrado brilhante contra o teto de madeira exposta. Nick já está acordado, com as costas apoiadas na cabeceira, lendo uma revista. Passo um braço ao redor da sua cintura.

— Se não fosse pela *The New Yorker*, eu não saberia nada sobre rap — diz ele. — Por algum motivo, isso parece errado.

Realmente.

— Ainda é segunda-feira! — digo.

Falo isso todo ano. Esta é a parte da viagem em que sentimos como se a semana não fosse acabar nunca. Como se ela fosse simplesmente se alongar preguiçosamente desse jeito por toda a eternidade. Mas não vai durar. Daqui a alguns dias, choramingarei: "Como a sexta-feira já chegou?", e todos vão concordar com a cabeça e suspirar, porque digo isso todo ano.

Nick joga a revista no chão com ar teatral, tira os óculos de leitura e se enfia embaixo das cobertas, embaixo da minha blusa. Sinto seu hálito quente contra minha barriga. Ele bate com um dedo sobre minha calcinha, dizendo:

— Teste, teste. Isto está ligado?

Em um gráfico de pizza que ilustra a personalidade de Nick, piadas de tiozão ocupariam, tipo, sete de oito fatias. Ele responde a todas as mensagens em nosso grupo de família com um GIF de filme de comédia, geralmente de *Um duende em Nova York*: Buddy, o elfo, pulando para cima e para baixo, berrando "O Papai Noel está chegando!"; Buddy, o elfo, inclinado sobre um guaxinim raivoso — "Alguém está precisando de um abraço?" — quando estamos tristes com alguma coisa. Porém, de vez em quando, Nick abre exceções. Tipo, se você enviasse uma mensagem avisando que seu avião foi sequestrado, ele provavelmente mandaria o rosto gritando de *Esqueceram de mim*.

Toda sua família imensa é assim. Enquanto outras famílias poderiam ter conversas, contar as novidades, ele e os cinco irmãos trocam frases de *Assassinato por encomenda*. De *Clube dos pilantras* e *A princesa prometida*. Sempre estou bancando a detetive perto deles com minha lupa emocional, tentando entender se alguém de fato está sentindo alguma coisa, e que sentimento poderia ser esse. Há ocasiões em que sou mais direta.

— Você acha que o Nicky e eu vamos para o inferno? — perguntei certa vez para sua irmã devota, antes de nos casarmos.

Pensando melhor, estávamos no carro rumo ao funeral da avó deles.

— Pode apostar! — exclamou ela. (Fala da personagem Marge, de *Fargo*.)

— Sério? — perguntei.

E ela suspirou, ficou séria e triste apenas por tempo suficiente para dizer:

— *Sério.*

Em algum momento durante as difíceis horas do trabalho de parto que precedeu o nascimento de Jamie, Nick citou uma fala de *Três solteirões e um bebê*, e pensei sobre meu casamento: *Cometi um erro gravíssimo*. Mas então acordei no meio da madrugada e o vi parado diante da janela do hospital. Nosso bebê todo embalado estava aninhado na curva do seu cotovelo, e Nick sussurrava para ele sobre a lua e as estrelas.

— **Amor** — digo baixinho, puxando o cabelo de Nick. — Nicky. Para.
Quando viro a cabeça, literalmente consigo ver a Willa dormindo.

— Então é só não virar a cabeça — responde Nick, descendo os dedões por baixo do elástico da calcinha.

— Para, para — digo, e ele volta para o meu lado, suspira. — Não consigo — declaro. — Desculpa. Mas sabe de uma coisa? O fato de você conseguir é irritante. Parece que nossa vida como pais se desenrola em outro plano. Você queria transar naquela vez que o Jamie estava dormindo na nossa cama com *pneumonia*! Ele estava com quarenta graus de febre.

— Quis? — pergunta ele. O hematoma ao redor do seu olho agora está verde. — Isso faz uns vinte anos, mas tudo bem, acho plausível. Nem sempre a gente ganha, né?

Mas aqui está um detalhe sobre a menopausa que não entendo direito. Vamos trocar meia dúzia de palavras assim? Temos o que parece ser um leve desentendimento? Só que a raiva borbulha dentro da minha caixa torácica. Ela arde e sobe, tão descontrolada e sulfúrica quanto aqueles fogos de serpente de faraó da infância: uma pastilha minúscula com o potencial aparentemente infinito de criar matéria escura — matéria escura que meio que parece uma serpente mágica e depois meio que lembra um grande cocô de cinzas.

— Por que eu preciso ser a responsável por tudo? — sibilo.

— Amor — diz Nick. Ele não fala *Tipo por dirigir na estrada?*, algo que nunca fiz nem por um quilômetro em todos os muitos anos que estamos juntos. Ele não diz *Tipo por limpar as calhas? Tipo por manter a calma quando as coisas dão errado?* Ele sabe que é melhor me tranquilizar agora. — Amor, tudo bem. Desculpa. Só estou te paquerando. Não tem problema.

— Não tente me acalmar — digo baixinho. — Não está tudo *bem*. Puta que pariu. Tenho o direito de ficar irritada! — Mas tenho mesmo? Porra, *claro* que tenho! — É tão irritante como as mulheres precisam fazer todas as coisas difíceis e cuidar de todo mundo e prestar atenção em tudo, o tempo inteiro. E então sermos delicadas, disponíveis e gostosas. É revoltante!

Estou com tanta raiva que começo a chorar, e, quando Nick coloca uma mão na minha coxa, a empurro. Apesar de eu querer que ele me console. Quero que ele me abrace e me aninhe. Estou furiosa. Estou exausta. Não consigo mais dormir direito. Tipo, nunca.

— Nem sei por que estou irritada — digo, e ele me envolve em seus braços. — Você acha que a gente devia se separar? — sussurro, chorando.

E ele sussurra de volta, finalmente com raiva também:

— Meu deus, Rock.

— Desculpa — falo, ainda chorando. — Tem algo muito errado comigo. E também está quente pra caralho aqui dentro, e sinto como se eu fosse morrer.

Nick e eu estamos juntos desde que éramos quase crianças, e, nesse tempo, ele ficou belamente grisalho nas têmporas, enquanto eu, completamente louca.

— Bem que você queria conseguir me deixar — diz ele (*O segredo de Brokeback Mountain*). — Mas não consegue.

É verdade. Mesmo com todas as formas de comunicação desencontradas, não consigo imaginar uma vida separados. Nick muitas vezes é misterioso, esse homem, e frequentemente me deixa maluca, mas ele é o meu lar.

Nick, a pessoa mais paciente que já conheci, beija meu rosto molhado. Segura minha mão.

— Vem comigo — diz ele, e sai da cama, levanta. — Podemos fazer as pazes transando no chuveiro do quintal.

— Eca — diz Willa. — Eu ouvi. E, pai? Dá para ver sua bunda pelada daqui, e não quero ver. Gente, tive aquele sonho com músicas infantis.

— Você é mesmo filha do seu pai — grito para o andar de baixo.

Nas poucas ocasiões em que consigo dormir, sonho que estou tentando freneticamente digitar números no celular, mas minhas mãos são cotocos, e também é provável que eu esteja nua da cintura para baixo, porque alguém passa usando minha calcinha.

Nick veste o short de corrida, o que me faz soltar um gemido, porque odeio correr, mas provavelmente irei com ele.

— Nunca parei para pensar no significado dessas músicas — grita Willa lá de baixo. — Será que elas querem dizer algo mais profundo?

— Nem imagino — respondo.

Nick desce com cuidado a escada de metal, que machuca nossos calcanhares agora. Nós dois temos fascite plantar, um castigo pelos anos que passamos zombando dos produtos para cuidados especiais com pés que víamos em catálogos de lojas. "Por que as pessoas precisam de tantos tipos de sapatos diferentes?", nos perguntávamos, como os jovens tolos que éramos. "O que é um *chinelo ortopédico de banho*? Por que existem *palmilhas biomecânicas*?" Agora, temos vários pares de chinelos ortopédicos e compartilhamos uma bota imobilizadora imensa e ajustável com a qual dormimos às vezes. Imagino um extraterrestre nos encarando do espaço, apontando para nossa bota de plástico com tirinhas. *Que diabo é* isso*?* Em contrapartida, também os imagino observando as pessoas embaladas em lycra cambaleando por academias de CrossFit com pneus de carro na cintura. *Que diabo é* isso*?*

— Preciso ir correr com você? — resmungo para Nick.

E ele responde:

— É claro que não!

— Nicky, não! Diz que eu preciso.

— Ah, tudo bem — declara. — Você precisa.

Escuto Frango pedindo café da manhã para Nick, revoltado por ainda não ter sido servido.

— Mas você prefere que eu não vá? — pergunto.

— Mãe, pare de tentar se magoar sem motivo — diz Willa.

É um conselho sensato.

A ciclovia é dura sob meus pés, e tenho a sensação sacolejante terrível que chamamos de *saco de ossos*.

— Sinto como se tivessem me tirado de helicóptero das catacumbas e me jogado diretamente aqui — digo, e Nick ri.

Quero reclamar dos meus joelhos, mas Nick é fisioterapeuta, então se você não tomar cuidado, acaba parando no chão, fazendo uma série de exercícios terríveis. E ele também vai sacar o *rolo de espuma*, que parece inofensivo, mas na verdade é um aparelho complexo e doloroso, criado por pessoas que odeiam outros seres humanos. Já assisti a vídeos suficientes de gatos morrendo de medo de pepinos para conseguir visualizar a expressão no meu rosto quando vejo o rolo de espuma.

Por sorte, há muitas desculpas para parar de correr e observar os arredores: ameixas (ainda verdes), cerejas (maduras) e vários cogumelos, incluindo o alaranjado e delicioso frango-da-floresta. Minha mãe britânica foi criada por freiras terríveis durante a guerra. As meninas famintas e órfãs saíam para buscar alimentos silvestres na floresta, que a cozinheira do convento lhes preparava em segredo. Colher plantas comestíveis é uma tradição de família. Talvez também seja um tipo esquisito de trauma geracional.

Os ciclistas metidos passam irritados por nós, curvados sobre seus guidom, suas roupas néon de elastano brilhando.

— É a ciclovia de Cape Cod, meu amigo! — diz Nick baixinho. — Não o *tourrr dê Frrrance.*

Os surtos de rabugice bem-humorados de Nick são um bálsamo para minha alma.

Reclamo com ele sobre a conversa mais recente que tive com meu pai. Falávamos sobre as crianças — em especial, sobre um prêmio de ciências que Willa ganhou na faculdade.

— O Jamie era meu favorito — disse meu pai, entusiasmado —, e ele é um bom garoto, mas gosto mais da Willa hoje em dia.

— Meu deus, pai — respondi. — Para com isso.

— Só estou comentando! — declarou. — Os dois são ótimos, mas eu escolheria a Willa.

— Você não precisa *escolher* ninguém — afirmei. — A gente não vive em *A escolha de Sofia*. Você pode só curtir os dois.

— Não, Rachel — afirmou ele, irritado. — A gente sempre precisa escolher alguém.

E tínhamos deixado por isso mesmo.

— Ele está errado — diz Nick agora. — Ele é imperfeito. Você sabe disso. Não tem problema. Você ainda pode amá-lo.

— Eu amo — respondo. Paro de correr e me inclino para a frente, apoiando as mãos nas coxas. — Adoro meu pai.

— Seu pai é incrível — diz Nick, afável.

— Mas ele é tão irritante — falo.

Nick para ao meu lado e leva uma mão às minhas costas suadas.

— Assim como a maioria das pessoas — conclui ele, e não há nem o que discutir depois disso.

— **Maneiro** — diz Willa.

Estamos de volta, e desembrulhei os cogumelos brilhantes da minha camisa. As crianças maiores — como continuo me referindo a elas — ainda estão dormindo, mas Willa quer fazer alguma coisa com a gente.

— O que você quiser — dizemos.

— Podemos ir observar os gays em Provincetown? — sugere ela.

— Perfeito — respondemos.

— A feira de livros na biblioteca Brewster?

— Qualquer uma dessas opções está ótima — dizemos.

— Ou vamos procurar caranguejos na praia da baía?

Claro. Sim. Todas as opções anteriores.

Faz tanto tempo que viajamos para cá que a experiência é cheia de camadas para ela — a matriosca no seu interior abrindo, todas as suas versões encaixadas se soltando em busca de diversão. A jovem adulta descolada com a tatuagem que diz SAPATÃO; a estudante obcecada com borrachas no formato de animais e *Jogos vorazes*; a bebê rechonchuda com uma penugem de cabelo ralo, cor de areia. Todas querem dar opinião. Também me sinto assim. Eu tinha vinte e nove anos na primeira vez que viemos para cá. Vinte e nove! Mais perto da idade de Willa do que da minha agora.

— Praia da baía — conclui ela. — Na verdade, já fui a Provincetown ontem. — Tudo bem! Nick ergue as sobrancelhas para mim, sorri. — E é melhor guardamos a feira de livros para depois.

Já cortei os cogumelos, e eles chiam quando os coloco na frigideira cheia de manteiga quente. Tiro alguns bichinhos que tentam escapar no calor e os jogo no quintal pela porta de correr. Essa espécie de fungo também é chamada de "plataforma de enxofre", e eles têm um leve cheiro de ovos de que gosto. Coloco sal e trituro muita pimenta sobre a frigideira. Eles liberam todo o seu líquido amarelo, então borbulham e secam, ficando um pouco dourados em meio à gordura. Coloco-os em um prato, espremo um limão por cima, encontro três garfos e sigo para a varanda ensolarada, onde Nick abriu o guarda-sol e deixou meu café esperando por mim na sombra.

— Eu te amo tanto! — exclamo, erguendo a caneca, e ele balança a cabeça, confuso.

— Bem, contanto que você não se divorcie de mim, acho que vai dar tudo certo.

9

O resumo da história de fazer sexo de reconciliação no chuveiro do quintal é que isso não acontece. Uma farpa entra na minha palma. Sinto câimbra na panturrilha. Não consigo parar de rir. E temos dificuldades técnicas. Impossibilidades anatômicas. Parecemos crianças com um brinquedo de encaixar formas geométricas, balançando a cabeça: *Isso nunca vai entrar aí*. Do nada, minha vagina resolveu imitar um tubo de aquário. Um canudo.

— Você com certeza está molhada — diz Nick, enfiando um dedo explorador em mim. — Só está meio... apertada.

— Parece que você está colocando um termômetro de carne em mim — digo, e ele ri, dá de ombros.

Sua barraca meio armada vai desarmando. Nick sorri, lindo como um astro de cinema. Ele canta *Like a virgin* para mim. Cantarolo o refrão de uma velha cantiga sobre o *Titanic*: "Que triiiste quando o grande navio foi descendo pelo mar!". Ensaboamos as costas e a bunda um do outro com ar amigável, nos secamos sob o sol.

— O que vale é a intenção — digo.

— Mais ou menos — responde Nick.

Sei que ele está pensando que o caminho para o celibato é cheio de boas intenções, mas simplesmente não me importo tanto assim. Quer dizer, me importo *em teoria*. Mas nossas experiências são diferentes. Meu corpo é uma região reprodutiva perigosa. Uma vez, fiquei encarando a tela da ultrassonografia com minha ginecologista confusa até ela bater as mãos e exclamar:

— Achei! — E apontou para o DIU virado na beira do meu útero, que mais parecia um balão murcho. — Talvez não seja a melhor opção para você — acrescentou ela, sem necessidade — no quesito contraceptivos.

Realmente, não era. Nada era. Já tive reações alérgicas, na vagina, a látex, pele de carneiro, espermicida e o creme que usei para tratar uma reação alérgica vaginal. Já tive tantas cistites que decorei as instruções de como coletar urina, palavra por palavra. *Separe os lábios com o dedão e o indicador de uma mão* — SIM, JÁ SEI. MEU DEUS. Tive tantas candidíases que decorei as instruções do supositório, palavra por palavra. *Retire as duas partes do aplicador e jogue no lixo (não no vaso sanitário)* — NÃO VOU JOGAR NO VASO SANITÁRIO. MEU DEUS. Eu deveria beber suco de cranberry sem açúcar, mas me dá queimação no estômago. Em vez disso, tomo um suplemento natural todos os dias, e odeio o mundo inteiro pela manhã, quando vejo o nome no frasco — FemBiótico.

Choro e me desespero durante o sexo. Eu me agarro ao pescoço de Nick, choramingo "Foi assim que fizemos os bebês!". Sou completamente preenchida pela nostalgia, deixando-a transbordar. Pelo luto. E Nick goza sem parar, todo feliz, mesmo com a questão hidráulica às vezes falha. Para ele, sexo ainda gira em torno do *prazer*. Não é um ato sagrado de alegria tomada por tristeza. Não é a primeira prova da defesa em um julgamento sobre transtorno de estresse pós-traumático.

— Você ainda acha que é bi? — me perguntou Willa recentemente. — Quer dizer, essa é a sexualidade com que você mais se identifica?

A *sexualidade*! Meu deus.

— Papai e eu somos monogâmicos há tanto tempo que é meio difícil saber — respondi, sem conseguir pensar em mais nada.

— Eca — respondeu ela. — Papai.

Chegamos à praia, e Willa corre para o mar com seu balde. Eu a amo tanto que, se fossemos cangurus, eu guardaria sua versão adulta na minha bolsa. *Você está bem!*, eu diria para minha canguru pernuda, reclamona, ou para minha coala ranzinza, cheirando a eucalipto. *Fica* *tranquila aí dentro.* Em vez disso, tiro uma foto dela com meu celular. Willa caminha com dificuldade pela água rasa, se inclinando para pegar os caranguejos-eremitas que fogem, correndo de monte em monte de águas marinhas como espiões em um filme de mistério.

— Olá, amiguinho — diz ela para cada um que encontra.

Ela os segura perto do rosto, falando docemente com eles.

Nas fotos em Cape Cod de quando as crianças eram pequenas, estou sempre apertando os olhos para o sol, tentando me certificar de que elas não estavam se afogando, engasgando com areia ou sofrendo uma combustão espontânea. Uma ruga funda, preocupada, divide minha testa ao meio. Eu me lembro não apenas da constante vigilância, mas também — e vergonhosamente — da falta de paciência. "Pega logo isso aí", se recorda Jamie de me ouvir falar, irritada, quando ele ficou com medo do caranguejo que queria segurar. "As garras dele são do tamanho de pinças em miniatura. Você vai sobreviver."

Certa vez, quando Jamie tinha oito anos, as crianças cavaram na areia um buraco largo, raso, e o encheram de água. Botaram uma dezena de caranguejos-eremitas lá dentro e ficaram assistindo, hipnotizados, enquanto eles se misturavam e brigavam.

— Ei, pessoal — disse Jamie em um tom carinhoso, jogando uma concha vazia lá dentro. — Para o caso de alguém querer trocar de roupa!

— Ah, querido — falei. — Isso é muito legal da sua parte, mas acho que não funciona assim.

Só que eu estava errada. Porque o buraco largo e raso logo se transformou no provador de uma loja de departamentos. Um caranguejo se esgueirou para fora da própria concha, tão cor-de-rosa em sua nudez quanto um camarão cozido, e entrou de ré na concha nova, esticando as garrinhas para trás a fim de verificar o encaixe. Depois disso, foi cada um por si na piscina dos caranguejos! Parecia uma dança das cadeiras. Os caranguejos se cutucavam, viravam as cabeças, experimentavam uma concha, depois outra, voltavam para suas conchas originais, depois saíam de novo, até que, finalmente, tudo que restava era uma única concha vazia e furada, com um crustáceo se agigantando no topo.

— Eles deixaram a pior concha! — exclamou Jamie, maravilhado.

Na memória das crianças sobre esse momento — seu próprio entusiasmo tão puro e alegre quanto uma estrela cadente —, é bem provável que eu esteja os revistando em busca de pulgas.

— Você se lembra do ano em que me mandou parar de me preocupar com meus chinelos? — Willa, com seu baldinho cheio de caranguejos, para ao meu lado na beira da água.

— Lembro — respondo, envergonhada.

— "Pode deixá-los aí no cantinho", você disse. "Ninguém vai roubar seus chinelos!"

— Falei isso mesmo.

— E o que aconteceu?

— Alguém roubou seus chinelos.

— Exatamente — diz ela, satisfeita.

Chamamos esse estilo de nostalgia infantil de *catálogo de queixas*.

— Ahhh, estamos nos lembrando dos erros da mamãe? — pergunta Nick, alegre. Ele veio se juntar a nós.

— Só desse — responde Willa. — A menos que eu me lembre de outros. Mas não bota pilha, pai. Este é o meu momento de reclamar. Gente, se ninguém mais soubesse, vocês iam querer ver alguém sendo devorado por um tubarão?

— Ai, meu deus! — exclamo. — Que coisa horrível! Willa! Não! Não sendo *devorado*.

Willa ri.

— Mordido?

— Bem, talvez se fosse uma *mordidinha*.

— Concordo.

— Vocês são péssimas pessoas — diz Nick.

Caminhamos juntos na areia molhando os pés no mar pelo que parece ser quase dois quilômetros, a maré baixa nunca batendo acima de nossos joelhos. No caminho, vemos um grande caranguejo marrom correndo aos nossos pés, uma água-viva transparente, o tipo de alga marinha encrespada que parece alface, um casal de idosos brancos com uma bebê alegre, seu rosto roxo.

— Vocês acham que o rosto da nenê está roxo? — pergunta a mulher para nós.

— Um pouco — respondo.

— Acho que ela está com frio — explica ela para mim. — Merda — diz para o homem. — Vamos tentar aquecê-la antes de voltarmos. Eles vão matar a gente.

Na praia, todo mundo arruma encrenca.

Após um tempo, Willa anuncia que está na hora de bebermos água, então voltamos.

Na areia, passamos por nossa amiga bebê, cujo rosto voltou a ganhar um tom rosado. Por um instante, confundimos o guarda-sol e as cadeiras de alguém com os nossos até Willa abrir o cooler e se deparar com um monte de bananas e refrigerante.

— Desculpa! Desculpa! — grito para os amantes de banana, que estão saindo do mar e vindo na nossa direção, confusos porém sorridentes. — Cooler errado!

E saímos de fininho para nosso lugar, onde Willa pega nossas bebidas.

— Você quer isto? — Ela ergue uma lata de cerveja. — Ou isto? — Levanta uma lata de vinho.

Estou tentando beber menos, mas mesmo assim quero as duas coisas.

— Vinho antes da cerveja, que beleza — digo, tentando me lembrar da ordem que não causa ressaca. — Cerveja antes do vinho, que gostosinho.

— Mãe — diz Willa. — Acho que não tem como os dois serem verdade.

Dou de ombros, escolho o vinho, fico assistindo às pessoas entrando e saindo da água com maiôs coloridos e corpos de colorações humanas.

No outono em que Jamie tinha cinco anos e Willa ainda não havia completado dois, Nick me deixou na praia para eu nadar sozinha. Nervoso, me deu um beijo antes de eu sair do carro. Na época, ele tinha pavor de mim. Com a água batendo no pescoço, arranquei o maiô e senti os coágulos saírem de mim como águas-vivas voltando ao habitat natural. *Sangue atrai tubarões*, pensei, mas sem me importar. *Venham me pegar*, pensei, mas não falava sério. Só um pouco. Mergulhei a cabeça para chorar embaixo da água, sal com sal.

— Está tudo bem, mãe? — pergunta Willa agora, e retorno da lembrança para encará-la. — O que há com você? Fui diagnosticada com transtorno de ansiedade. Não preciso de mais motivos para me preocupar.

Nick ergue o olhar da revista.

— Ah, querida — digo. — Desculpa. Não se preocupe comigo! Estou ótima. Estou tão, tão feliz por estar aqui com vocês.

Amar alguém é assim. Você fala a verdade. Você mente um pouquinho.

E, às vezes, você não diz absolutamente nada.

Mas está tudo bem, porque o moço do sorvete está tocando o sino no caminho para a praia, e as crianças saem correndo pela areia até o trailer, Willa entre elas.

— Nossa garotinha — diz Nick.

Ele segura minha mão.

— Nossa garotinha — repito, e aperto seus dedos.

10

— Vocês não precisam desviar o olhar só porque estou tendo uma onda de calor! — exclamo. Estou no pátio da barraca de frutos do mar, suando em bicas e tirando camadas de roupa. As quatro pessoas com quem estou sentada viram o rosto para me encarar. — Isto não é motivo de vergonha.

Tirando que é, sim.

— Ei, mãe — diz Willa em um tom gentil. — Acho que você não pode tirar essa parte.

É verdade. Só resta o sutiã debaixo da blusa preta de algodão que comecei a tirar. Puxo-a para baixo de novo.

Mas por quê? Por que uma onda de calor parece tão humilhantemente ginecológica? Como se sua boceta estivesse enfiando carvão em uma fornalha terrível.

— É o sistema endócrino — explico, porque eles precisam entender isso. — Não é uma questão *vaginal.*

— Ai, meu deus, mãe! Você pode parar? — Willa faz uma careta. — Desculpa, Maya.

— Desculpa — digo. Dou um gole demorado em meu drinque *Painkiller*. — Desculpa nada. E acho que, a essa altura, a Maya tem uma noção de como eu sou, além de já ter escutado a palavra "vagina".

Maya concorda com a cabeça, sorri para mim. Nick está esticando uma mão para pegar meus óculos de leitura, que tiro e lhe entrego, para que ele possa ler o cardápio sem precisar afastá-lo até outro município.

— Lembra quando a gente tinha, sei lá, uns onze anos, e a mamãe disse que a gente teria que chupar nossas namoradas um dia? — pergunta Jamie, rindo.

— Ai, meu deus, Jamie — responde Willa. — Para.

— Olha só, você tinha, tipo, uns catorze anos. E eu estava certa. Não estava?

— Argh, mãe. — Willa revira os olhos. — Sim, prazer feminino, mas também autonomia corporal e tal. Ninguém *tem* que chupar ninguém.

— Volto daqui a pouco — diz a garçonete às minhas costas.

— Obrigada — respondo.

E Jamie diz para Willa:

— Só porque você perdeu a virgindade assistindo *Ratatouille*...

Mas ela o interrompe.

— Para — diz Willa. — Quero resolver o que vou pedir. E podemos falar sobre quando o vovô e a vovó vão chegar e como vai ser?

Podemos! Mas, primeiro, precisamos pedir a comida, porque, caso contrário, como dizia Jamie, como ela vai chegar à mesa?

Chamar este lugar de "barraca de frutos do mar" é como chamar uma churrascaria de "Burger King". A comida é tão gostosa e tão absurdamente cara. No geral, tenho crises de pânico só de pensar na conta, e Nick precisa me lembrar de que a gente vem aqui apenas uma vez por ano, e passamos o inverno todo comendo lentilhas para compensar. Peço o robalo-riscado, apesar de saber que o filé vai ser do tamanho de um selo — do tamanho que fará a vozinha fraca do meu estômago implorar por mais. Porém virá com a pele torradinha e será perfeitamente delicioso.

— Salada ou fritas como acompanhamento? — pergunta a garçonete, e solto uma gargalhada.

Ela também ri, anota algo que só pode ser a palavra "fritas". Ela trabalha aqui desde que começamos a frequentar o restaurante, e é maravilhosa.

Willa pede a salada de pêssegos e burrata, o milho mexicano e uma porção de anéis de cebola empanados, mas apenas depois de confirmar que pode comer minhas batatas. Nick e Jamie escolhem um prato do pescador para cada um, que inclui bacalhau, vieiras, mexilhões, lula e camarão. (Eu me controlo para não perguntar se não seria melhor dividirem.) Maya hesita.

— Posso pedir só a salada verde com um frango grelhado? — pergunta ela. — Com o molho separado.

As palavras *transtorno alimentar?* provavelmente estão estampadas na minha cara, porque Jamie balança a cabeça para mim. Mas então Maya pede mais pão, e me sinto melhor.

Meus pais vão chegar de Nova York depois de amanhã. Quarta-feira. Ficarão por duas noites.

— A casa vai ficar lotada de novo, pessoal, sinto muito. — Todos respondem que não tem problema, que vai valer a pena passarmos esse tempo juntos. — Acho que podemos fazer que nem no ano passado? A Maya e o Jamie ficam no sofá-cama. E colocamos o colchão de ar para a Willa do lado da nossa cama. Ou na varanda, se você preferir e não houver muitos insetos.

— Acho pouco provável — diz Willa sobre os insetos.

— Sinto muito — repito. — A gente pensou em reservar um quarto de hotel para eles, mas só nos demos conta disso quando já era tarde demais. E acho que eles preferem ficar com a gente, de toda forma.

Não sei se isso é verdade, mas faz sentido.

— Talvez eu passe uma noite em Provincetown se der para eu pegar o carro emprestado de novo — diz Willa.

Levando em consideração a fossa séptica do chalé, não é má ideia.

— Você pode convidar a Callie para jantar com a gente, se quiser — digo.

E ela responde:

— Ai, meu deus! Não é assim.

Então como é? é a pergunta que não faço.

— Vamos comer no restaurante de peixe com batatas fritas de que eles gostam? — pergunta Nick.

E respondo:

— Eu estava pensando nisso.

— Querem que eu faça espaguete com mexilhões em uma noite? — sugere Jamie. — Ou podemos encomendar lagostas cozidas no mercado de peixe, e comermos em casa. Eles sempre gostam disso.

— Amor — diz Nick para mim. — Você acha que sua mãe ainda consegue abrir a casca de uma lagosta?

É uma boa pergunta. Nas últimas vezes que os visitamos, notamos um tremor nas mãos dela, apesar de ela descartar nossas preocupações.

— Tenho que parar de deixar meu chá em infusão por tempo demais! — exclamou ela, alegre. Britânica. — É muita cafeína.

— É excesso de chá? — brincou Willa. — Quem diria.

Talvez eles estejam guardando segredos de mim, meus pais. Talvez minha mãe não consiga abrir uma lagosta.

— Não sei — respondo.

— Que triste — diz Willa. — Fico meio assustada com essas coisas. Talvez a vovó não consiga mais nem comer lagosta? Será que é Parkinson?

— Talvez seja só a idade — respondo.

— Isso também me assusta! — exclama Willa.

— Que insanidade — diz Nick em uma voz trêmula, pois por que se preocupar com alguém quando você pode zombar dos outros à la Katharine Hepburn em *Num lago dourado*? — Desculpa — acrescenta ele.

— Mas e os mexilhões? — pergunta Jamie. — É muito alho para o vovô? Muitas… — ele hesita — conchas e tal?

— É, talvez — respondo. — Talvez seja melhor preparar só um peixe simples. Tem robalo no mercado. Podemos comprar uns camarões bonitos para servir de entrada. Faço um molho tártaro. Um molho picante. Uma salada de tomates. Podemos fazer estrelinhas com manteiga e parmesão.

Willa bate palmas, exclama:

— Eba!

Só comemos o macarrão com formato de estrela — *stelline* — em Cape Cod, e é uma das tradições favoritas dela desde pequena.

Isso e as caixinhas de cereal matinal que ainda compramos apenas aqui, e que as crianças sempre trocaram em rodadas complicadas de escambo.

— Posso trocar meu cereal de chocolate pelo seu de milho? — perguntou Willa ontem.

E Jamie respondeu:

— Claro!

— Jamie! — brigou ela. — A gente precisa negociar, senão não tem graça.

— Ah, beleza — disse ele em um tom amigável. — Só se você me der seu Sucrilhos!

— Você ficou doido? — devolveu Willa. — De jeito nenhum.

A comida chega, porque somos aquelas pessoas que gostam de comer uma refeição enquanto planejam pelo menos outras duas no futuro.

Comemos, conversamos. As crianças contam mais sobre sua rotina no trabalho: Maya recebeu um fóssil de marisco do Mioceno que está tentando datar corretamente.

— Quantos anos ele *pode* ter? — questionamos.

E ela responde:

— Talvez uns vinte milhões?

Que *loucura*!

— Gente — diz ela, e balança a cabeça. — Temos fósseis de mariscos do *Cambriano*! Eles têm, tipo, mais de quinhentos milhões de anos.

Embasbacada, me disperso em uma crise existencial sem fim, e volto para ouvir sobre o novo cliente de Jamie, uma startup de restaurante chamada Salada Corporativa.

— A salada vem em uma tigela compostável feita de dinheiro reciclado!

— É sério?

— Não. — Ele suspira. — Mas não seria genial?

Enquanto isso, no laboratório de abelhas em que faz estágio, Willa está contaminando os insetos com um vírus estomacal antes de levá-los para cagar no jardim de flores nos fundos.

— Estamos tentando entender quais plantas oferecem proteção natural contra a transmissão de doenças. É como um norovírus se espalhando por um cruzeiro. Basicamente, estamos estudando as maçanetas.

Tento não dizer: "Puta merda, vocês são tão brilhantes que eu poderia morrer de orgulho!". Eu os irrito sendo uma mãe coruja; sei disso porque eles me dizem.

— Vocês são incríveis! — exclama Nick, e os três sorriem para ele.

— Valeu, pai — responde Jamie, porque Nick pode falar o que quiser.

Fico triste ao notar que Maya está brincando com a salada. Ela encontra meu olhar e solta uma gargalhada.

— O quê? — pergunto.

E ela responde:

— Lembra quando o Jamie e eu começamos a sair? Quando você curtiu minha foto no Instagram?

Dou um tapa na minha testa. Ele tinha me contado sobre ela — os dois se conheceram em uma festa —, e eu estava dando uma olhadinha nela quando acidentalmente apertei um coração.

— Ai, meu deus! — falei para Willa, que estava deitada do meu lado na cama. — Acabei de curtir a foto de uma casquinha de siri que a quase namorada do Jamie postou.

— Não, não, não — disse ela, e agarrou minha mão. Willa ria. — Mamãe. Mãe. Não. Para, para! Não descurte. Você só vai chamar mais atenção. Ai, meu deus, espera, agora você curtiu *de novo*? Mãe!

Agora, faço uma careta.

— Desculpa, pessoal. Eu sou péssima.

Não menciono que, ontem à noite, enquanto eu arrastava sem parar minha tela na escuridão da insônia, li uma publicação vaga de um colega da pós-graduação sobre uma pessoa em nosso grupo — sua ex-companheira, talvez? Sua melhor amiga? — que havia se suicidado. Não consegui me lembrar do nome todo dela, mas, quando procurei "poeta experimental Gabriela suicídio Iowa" no Google, não encontrei nada. Porque publiquei essas palavras não na barra de pesquisa, e sim como um comentário na publicação do meu colega enlutado. Eu o apaguei e abracei Frango embaixo das cobertas enquanto tinha um derrame imaginário.

— Por que eu sou assim? — perguntei para Nick no escuro.

Mas ele estava dormindo, como as pessoas fazem.

Maya afasta seu prato quase intacto, percebe que eu percebo, e o puxa de volta.

— Rocky — diz ela.

E falo:

— Eu sei, eu sei. Desculpa, querida. Coma o que você quiser.

— Ela é assim mesmo, Maya — declara Willa, balançando a espiga de milho na minha direção para enfatizar. — Acho que ela não consegue evitar.

— Obrigada, meu amor — respondo, e falo sério.

TERÇA-FEIRA

11

A inquietação molecular de uma criança passando mal me acorda. Muitos pais — mães — sabem do que estou falando. Meus olhos se abrem de repente, e Maya está ajoelhada ao meu lado da cama, pálida feito um fantasma.

— Querida — digo. — O que houve?

— Rocky — sussurra ela. — Rock, posso falar com você?

— É claro, é claro. — Sento na cama, levanto, visto minha calça jeans e puxo Maya para ela se levantar. — Vamos lá para fora.

Em silêncio, caminhamos até a pequena lagoa — a que sempre chamamos de Lagoa Secreta — e sentamos em um banco. Está quente, mas o sol ainda não nasceu por completo, ou talvez esteja apenas nublado. O céu parece baixo acima de nossas cabeças — tomado por um azul-claro estranhamente opaco, com nuvens escuras passando rápido e inchando ao longe. Há um burburinho de trovões. Fico sentada sem falar nada, esperando ela dar a notícia.

— Estou grávida — diz Maya.

— Ah, querida — digo. — Tudo bem. Conte mais. Ou não. Fale o que você quiser.

Finco as unhas nas minhas palmas para me obrigar a ficar de bico fechado.

Maya se ajeita e senta de pernas cruzadas no banco, de frente para mim. Seus olhos verdes dourados têm a mesmíssima cor dos de Frango! Guardo esse comentário para mim mesma.

— Não sei o que dizer — diz ela.

Ela gira o anel trançado de prata no dedão, mas não olha para baixo. Sua camisola é apenas um pedacinho de pano — ou talvez seja um vestido? —, e a luz estranha é refletida em seus ombros, coxas, no peito de seus pés descalços. Já consigo ver as veias se espalhando por seus seios, o corpo fazendo planos para o bebê. Não digo que ela parece uma deusa da fertilidade.

— Você não precisa dizer nada — falo.

— Bom, eu até diria se soubesse o que dizer. — Ela ri, dá de ombros, deixa as mãos caírem sobre o colo. — Sinceramente, não sei nem como me sinto. Além de meio enjoada.

— É — digo. — Sei como é. Eu vomitava biscoitos de água e sal inteiros. Imediatamente. Tipo, daria para colocá-los de volta no pacote.

Eu estava grávida de Jamie no meu casamento, assim como minha mãe estava grávida de mim no dela.

Maya ri, diz:

— Pois é. A questão é que eu não estava tentando ficar grávida. Engravidar.

— Entendo.

— Tomamos cuidado? — diz ela. — Quer dizer, tomamos bastante cuidado. Sei lá. Talvez nem tanto assim. Desculpa. É informação demais para você.

— Não tem problema — respondo. — Não se preocupe. Está tudo bem. Está tudo perfeito.

Uma fresta cinza estranha se abre entre as nuvens pretas e o céu leitoso, e vários raios de sol descem como um desenho infantil do sol.

— Ahhh, raios crepusculares! — exclama ela.

E digo:

— Valeu, Stephen Hawking.

Ela ri.

— Não sei direito o que quero fazer — diz ela, séria, e concordo com a cabeça.

Algumas gotas gordas de chuva caem ao nosso redor, e então param.

— Quais são as principais opções?

— Hum, acho que as óbvias, não? Ter. Não ter.

— Dã — digo. — Desculpa. Essas duas, com certeza. Você sabe de quantas semanas está?

— Poucas — diz ela. — Talvez umas sete. Oito. Fiz o teste antes de sairmos de Nova York.

— Tudo bem — declaro. — Você tem tempo para decidir.

Não faço nenhuma piada deprimente sobre a Suprema Corte querer proibir abortos.

— Somos muito jovens? — Os dois têm vinte e quatro anos. — Quer dizer, é bem capaz que o meu lobo frontal ainda esteja em desenvolvimento. Mas também não somos, tipo, tão jovens a ponto de a decisão ser óbvia. Engravidei no ensino médio — diz ela, e acena com uma mão. — Na época, fazer um aborto foi uma decisão facílima. Fui à clínica no intervalo entre as aulas de química e espanhol. — Ela ri. — Bons tempos!

Deviam ser bons tempos mesmo! Se ela diz, eu acredito. Nossas experiências parecem ter sido diferentes.

Um raio ziguezagueia acima de nossas cabeças, com uma trovoada ensurdecedora seguindo-o de perto. A chuva recomeça — gotas pesadas com um aroma metálico —, e ajudamos uma à outra a levantar.

— O Jamie está ajudando com alguma coisa?

Por favor, por favor, por favor, penso. *Por favor, que ele seja um companheiro solidário e prestativo para essa pessoa linda.*

— Ah. É. Não — responde Maya. — Ainda não contei para ele.

Jamie vai me matar.

12

No mês passado, quando fui à médica — para falar sobre a menopausa e como essa merda está ME MATANDO —, precisei preencher um formulário novo. "Quantidade de gestações?", perguntava ele. "Quantidade de gestações levadas a termo?"

— Aquele negócio devia ter um alerta de gatilhos — falei para minha médica, deitada na mesa coberta com papel barulhento, usando uma camisola feita de papel barulhento.

Ela andou em seu banco de rodinhas para olhar meu rosto, concordou com a cabeça de um jeito solidário, perguntou como poderia me ajudar. Sentei para me sentir mais como uma mulher humana do que como uma pilha de fatias velhas de presunto embaladas em papel.

— Minha vagina está ficando meio... — O quê? Como ela estava ficando? — ... menor? — falei.

— E você está usando lubrificantes?

— Sim — respondi. — Mas não acho que o problema seja lubrificação.

Ela concordou com a cabeça.

— A atrofia vaginal é bem comum depois da menopausa.

— *Atrofia?* — repeti. — Tipo, ela murcha? Credo.

— Você sente dor durante as relações?

— Sinto.

— É, isso acontece por causa do estreitamento dos tecidos vaginais. — Imaginei um lencinho de papel amassado no chão, ao lado da cama. — Você pode usar um supositório. — Ela folheou minha ficha. — Talvez seu convênio não cubra. Fica mais ou menos trezentos dólares por mês.

No estacionamento, liguei para minha amiga Jo, e ela ficou furiosa.

— Que merda! — exclamou ela.

Sua raiva acumulada sempre me deixa aliviada.

— Pois é! — disse. — Mas você se refere, em especial, à qual parte da história?

— À história toda! — vociferou ela. — Ao preço. Ao fato de que nossa bocetas simplesmente secam e explodem, e as pessoas lucram com isso. Ao fato de que a porra do Viagra é tão mais barata.

— Mas você acha que devo tentar? — pergunto.

E ela responde:

— Você transa, sei lá, umas duas vezes por mês? Três? E são trezentos dólares, né? Dá para fazer muita coisa com essa grana. Sem querer atribuir valores, porque tenho certeza de que o negócio é ótimo e tal, mas cem dólares por uma pentada? Acho que não.

Eu ri.

— Justo — respondi. — Vou pensar no assunto. Mas outra coisa: como sou uma feminista, defensora dos direitos reprodutivos, *meu corpo, minhas regras* e tal, e só agora descobri a existência da atrofia vaginal?

— Sei lá — disse ela, e a escutei suspirar. — Porque eles odeiam a gente, acho. Mas quer saber? Podemos só, tipo, *desistir* em algum momento? A gente fica enfiando um monte de merda na boceta, e os caras tomam remédios para ficar de pau duro... Quer dizer, não podemos interpretar tudo isso como um sinal para, tipo, deixar esse negócio pra lá? Podemos *não* fazer nada? Outro dia, vi o anúncio de um produto para homens que querem *durar mais tempo*. Quem quer que um cara *dure mais tempo*? Meu lema é *acabe logo com isso. Quero ir logo ler meu livro!*

— A gente podia mandar nossas vaginas para uma daquelas fazendas de cavalos policiais aposentados — sugeri, e ela riu. — "Essas pobrezinhas trabalharam duro!", dirão as pessoas. "Elas merecem."

— Caralho — disse ela.

— O quê?

— Preciso ir buscar meu pai na aula de zumba para idosos. Que saco.

Desligamos, e fiquei encarando a receita em minhas mãos. Mais tratamentos? Sério? Mais coisas para enfiar no meu corpo?

Quantidade de gestações?
Quantidade de gestações levadas a termo?

Quase morri por causa de sexo.

13

Voltamos ao chalé, e Maya vai correndo para o banheiro, de onde vem o som da torneira aberta e o leve barulho de vômito ao fundo. Willa ainda está na cama, deitada de lado, mas seus olhos estão abertos. Ela dá um tapinha no colchão, e deito. Passa meus braços ao seu redor, se aconchega em mim. Frango pula pesadamente na cama e se enfia no espaço entre nós, deitando de costas, como uma morsa ronronante.

— Está tudo bem? — pergunta Willa.

E respondo:

— Claro.

— Que bom — diz ela. — Não gosto de precisar me preocupar com todo mundo.

— Eu sei, querida.

— Por causa do meu transtorno de ansiedade.

Eu a aperto. Há um clarão, e o relâmpago faz o chalé vibrar.

— Uau! — exclama Willa. — Estes são meus momentos favoritos.

— Os meus também — digo.

— Todos juntos, seguros, com a tempestade caindo lá fora. Adoro.

— Eu também — respondo.

Willa gira para olhar Frango e afasta seus pelos para inspecionar sua barriga.

— De quem são esses mamilos de gato? — brinca ela. — Humm? Esses mamilos velhos de gato? Você vai amamentar seus filhotinhos,

Frangote? — O ronronado dele se transforma em um longo suspiro resmungão, e ela beija seu rosto. — Mãe — diz Willa na voz de Frango. — A Willa acha que meu pescoço cheira a queijo.

— Bem, está cheirando mesmo? — pergunto a ele.

E ele responde, envergonhado:

— Aham.

Maya sai do banheiro e deita do outro lado de Willa, que gira para passar um braço ao redor dela e cantarola a música inventada sobre conchinhas que cantávamos quando as crianças eram pequenas.

— Só três conchinhas que se encaixam como as conchas fazem — canta ela.

A chuva faz barulho ao bater no telhado do chalé.

— Que aconchego! — exclama Nick do topo da escada em caracol. — Abram espaço para o papai!

— Ai, meu deus, pai! Por favor.

— Foi mal — diz ele. — Quem quer café?

Eu quero! Willa quer! Maya não quer.

A porta do quarto abre, e Jamie sorri, diz oi e se junta a nós, se apertando no espaço ao lado de Maya. Willa puxa o cobertor azul de veludo e cantarola mais um pouco de sua canção para contabilizar a conchinha extra.

— Se houvesse uma pílula — diz Jamie — capaz de trazer felicidade, mas você só seria mais feliz por causa dela, você a tomaria?

— Hum, Jamie? Eu e a mamãe já tomamos essa pílula — diz Willa.

E Jamie responde:

— Ah, merda! Certo. Desculpa. Esqueci.

Isso me faz rir. Jamie tem uma saúde mental tão agressivamente boa, mas também encara isso como algo de que deveria se envergonhar.

— Por que a mamãe ainda pode ser *mamãe*? — pergunta Nick da cozinha.

— Porque mamãe não é nojento? — responde Willa.

— Eu não sou nojento! — exclama Nick. — Quer dizer. Não sou *muito* nojento, pelo menos.

— Não, não. Não a mamãe em si. A *palavra* "mamãe". E, de toda forma, estou tentando passar a chamá-la só de mãe, para não me sentir tão infantilizada quando estamos juntas.

— Ah, querida — digo. — Você pode ser tão infantilizada quanto quiser comigo.

— Eu sei — responde ela. — Mas não quero.

— Fomos nós que trouxemos o sorvete de amêndoas torradas? — Nick está analisando o congelador.

— Acho que não — respondo. — Por quê?

— Estou pensando em comer um pouco dele.

— Não acho uma boa ideia — digo.

— Você nunca acha uma boa ideia — diz Jamie. — Porque imagina que, talvez, as pessoas que ficaram aqui na semana passada estejam tentando envenenar a gente. Como se elas tivessem bolado um longo plano quando reservaram a casa em outubro do ano passado só para deixar um sorvete envenenado para trás e nos matar. Ou uma geleia de ameixa envenenada. Ou um molho ranch envenenado.

— Tudo bem, tudo bem.

— Alguém quer? — pergunta Nick com a boca cheia de sorvete, e as três crianças esticam a mão.

Nick e eu voltamos para a cama no mezanino a fim de jogar nossos joguinhos de palavras sob a claraboia chuvosa. As crianças ficam deitadas no sofá-cama, mostrando vídeos no TikTok uns para os outros e rindo.

— Está tudo bem com a Maya? — pergunta Nick baixinho.

E chio para ele ficar quieto, aceno com uma mão e respondo:

— Sim, sim, tudo bem.

Ele não insiste. A curiosidade de Nick sobre sentimentos e as pessoas que os sentem é fugaz na melhor das hipóteses.

No verão em que Jamie tinha quatro anos e Willa ainda não havia completado um ano, estávamos aqui — nesta mesma cama, com a bebê dormindo entre nós — quando contei a Nick que eu estava grávida.

— Espera — disse ele. — Como?

— Hum, acho que do jeito normal — respondi.

— Mas você ainda está amamentando. Isso não deveria impedir uma gravidez?

— Seria bom — afirmei. — Mas parece que não foi o caso.

— É tão esquisito, porque…

Pressionei a lateral do pescoço dele com uma mão.

— Nick. Para. Não quero que esta conversa continue sendo sobre como você está surpreso por termos transado e gerado um bebê.

— Desculpa. — Ele se recompôs. — Que legal! — tentou, e balancei a cabeça.

— Estou tão cansada — falei. — Não durmo direito desde que engravidei do Jamie.

Nick concordou com a cabeça, afastou o olhar. Estava nervoso, o que era compreensível e irritante ao mesmo tempo.

— Sim — disse ele. — Mas, quando este nascer, talvez você já esteja mais descansada.

— Porque a gravidez é uma época tão tranquila — falei. — Ainda mais com crianças pequenas.

— Nós vamos dar um jeito — disse ele.

Quer dizer, o que mais ele poderia falar? Mas foi o *nós* que me enfureceu.

— O mesmo *nós* que continua dormindo enquanto os bebês acordam de cinco em cinco minutos?

— Vou tentar acordar mais — disse Nick, repreendido. — Desculpa. É só você me acordar. Não me importo de levantar.

Suspirei.

— Eu sei que você não se importa — respondi.

Eu estava chorando um pouco. Era tão difícil tentar descrever aquele sentimento. De ser prisioneira. Capturada. Louca. De estar perdidamente apaixonada por uma pessoinha cuja sobrevivência dependia apenas das minhas glândulas mamárias. Ou era assim que parecia — porque, é claro, havia outras formas de alimentar um bebê. Só que eu estava ensandecida de responsabilidade, vigilância.

Amor. Cansaço. Quarenta por cento dos meus pensamentos girava em torno da morte das crianças — e os outros sessenta eram sobre dormir. Eu tinha vergonha dessas proporções malucas. Ainda chorava quando arrumava a cama de hóspedes para alguém: eu alisava o lençol limpo, seco, com uma mão, imaginava nosso amigo ou parente sonhando profundamente, e chorava. Nos livros que lia, quando alguma personagem ia dormir — entrava embaixo das cobertas e fechava os olhos —, eu chorava. Sonhava acordada com camas de hotel. Sonhava acordada com o ato de ser internada em um hospital. Sonhava acordada com o ato de fugir. Em um romance, eu acenaria para Nick e as crianças, iria até a praia para procurar por uma concha, e nunca mais voltaria. Porque eu estaria em algum outro lugar, dormindo.

— Nós vamos dar um jeito — repetiu Nick, me dando tapinhas.

— Não *bate* em mim — falei, e ele suspirou como faria uma pessoa que não tinha como dizer nem fazer nada certo.

Agora, todo mundo tira um cochilo — ou talvez só Frango e eu —, e então chega o horário do almoço, quando voltamos a acordar. O céu ainda desaba lá fora, e as janelas estão cinza, porém as paredes de pinho cor de mel brilham de um jeito aconchegante.

Ovos são mexidos com queijo apimentado; meio quilo de bacon é dourado na frigideira; várias fatias de um pão gostoso, de fermentação natural, são cobertas de manteiga e torradas. Preparamos canecas individuais de café forte com leite, servimos copos de suco, nos aglomeramos ao redor da mesinha embaixo da escada. Passamos o molho de pimenta, o sal, a geleia de ameixa dos últimos visitantes. Fazemos mais torradas. Conversamos sobre a chuva.

O que queremos fazer com o restante do dia? Jamie quer jogar Catan — a expansão *Piratas e exploradores*, na verdade —, e Willa e Maya querem ir à feira de livros da biblioteca. Concluímos que há tempo suficiente para fazermos as duas coisas. Enquanto Nick e Jamie lavam e secam a louça, analiso a geladeira e faço uma lista rápida de compras: leite, creme, ovos. Manteiga e queijo fatiado.

Queijo artesanal. Pão. Batatas fritas. Limão e limão-siciliano. Frutas. Cerveja. Vamos preparar as lagostas hoje, comprar milho. Nick e Jamie querem assistir a um jogo de beisebol na televisão depois do jantar.

Nós nos apertamos no carro rumo à biblioteca, onde há uma famosa feira de livros por duas semanas, todo verão. O lugar é imenso, úmido e sempre igual, os livros exibidos pelo porão inteiro e organizados em categorias normais como ficção, poesia e biografias, e também em outras anormais, como pássaros de Cape Cod, artesanatos históricos com lã, faróis e culinária do condado de Barnstable. Todo mundo se espalha para buscar coisas diferentes: Willa senta no chão da seção infantil para folhear livros ilustrados; Nick lê um livro de memórias de Woody Allen na seção de humor (eca); Jamie e Maya olham obras sobre design e arquitetura. Quase tudo aqui custa cinquenta centavos, tirando alguns exemplares enormes e tediosos sobre a Guerra Civil, que custam dez dólares.

Frequentamos a biblioteca desde a época dos livros cartonados com as bordas mastigadas: *Rostinhos de bebês*, *Bebês na água* e *Uma multidão de bebês* — os tipos de livros que fazem seu próprio bebê bater palmas e ficar feliz sempre que você vira uma página. As crianças encontraram livros de *Minecraft* aqui. *A casa da árvore mágica*, *Os meninos do caminho de ferro*, *Harry Potter*. Livros sobre judaísmo e budismo e eneagramas de personalidade. Eles compraram atlas e livros de artes e exemplares sobre gatos e pastas cheias de partituras antigas. Livros sobre trocadilhos e piadas. Livros LGBTQIA+. E levaram para casa inúmeras obras de curiosidades, com fatos estranhos e histórias assustadoras.

Gosto de dar uma olhada nos livros de culinária encadernados dos vários encontros da associação de pais e mestres, e de angariação de fundos do passado — os que misturam gelatina e salmão em lata e presunto em lata e azeitonas recheadas com pimentão, usando-os de forma incrivelmente econômica e nojenta. Um capítulo, chamado "Nossos amigos judeus", apresenta uma receita de peito de boi dourado em gordura de bacon (esses amigos não deviam ser *muito* próximos). Sempre compro alguns para ler em voz alta na praia.

Pulo a seção de gravidez e bebês, porque acho que eu acabaria me debulhando em lágrimas e falando algo esquisito para Maya. Na parte de autoajuda, abro o índice remissivo de um volume estranhamente fino sobre menopausa. Não encontro "atrofia vaginal". Não encontro "vagina, atrofia". O fato de existir um capítulo chamado "Você e seus humores!" me dá vontade de surrar alguém até a morte com um frasco de antidepressivo. Fecho o livro com força, o devolvo para a prateleira. A obra ideal para mim provavelmente se chamaria *Traumas ginecológicos e amargura: Sua vagina se tornou inútil pra caralho*, mas não o encontro. Mas me deparo com um livro de memórias que li no ano passado sobre a escritora que, em meio à menopausa, destruiu sua carreira, acabou com seu casamento, se isolou de todos os amigos e acabou morando sozinha dentro do próprio carro. Que diva! Pego alguns romances para não precisar reler todos os livros aleatórios do chalé sobre baleias e sal.

Willa vai levar um livro infantil sobre amizade e um panfleto sobre o teste de personalidade Myers-Briggs. Jamie escolheu um livro com jogos de palavras parcialmente usado. Nick leva uma obra que explica como construir um deque de madeira. E Maya vai levar dois volumes da poesia de Mary Oliver.

— Vou te pagar — diz ela.

E então ri quando Nick responde:

— Beleza. Obrigado, Maya. Você está me devendo um dólar.

Willa faz o teste de Myers-Briggs com a gente no carro durante o trajeto de volta, e descobrimos, em resumo, que as mulheres da família têm sentimentos, enquanto os homens são pura lógica e matemática. Devo ter dito isso em voz alta, porque Jamie comenta:

— Acho que não foi bem isso que *descobrimos*.

Ops!

— Argh, desculpa. Mas você e o papai, seu pai, agem como se relacionamentos humanos fossem basicamente um problema de cálculo. Desculpa, desculpa. Argh — digo. — Desculpa! Eu só... — o quê? — me sinto irritada o tempo todo.

— Já percebemos — diz Nick, e eu rio.

— Não estou irritada com vocês — digo. — Quer dizer, talvez com você. — Aponto para Nick. — Sei lá.

— Lembra o que você dizia para mim e para o Jamie quando a gente brigava? — pergunta Willa. Não lembro. — Só porque é difícil para você não significa que você esteja se esforçando para melhorar as coisas.

— Nossa! — exclamo. — Que irritante.

Nick dirige com uma mão e segura a minha com a outra. No banco traseiro, Willa cutuca nossos dedos entrelaçados com o pé descalço.

— Acho que me faria bem passar um tempo sozinha — digo, e todo mundo ri.

— Que pena, mãe — comenta Jamie, animado. — Acho que não vai rolar nesta semana.

QUARTA-FEIRA

14

No meu sonho, o bebê escorrega dos meus braços e cai no mar. Vejo seu rosto sumindo pela profundidade transparente, mas, quando tento pegá-lo, há apenas água. Abro a boca para gritar, e ela se enche de mar. Abro os olhos, ofegante.

— Para alguém que dorme tão pouco, pareço fazer questão de separar um tempo para os pesadelos — digo para Nick, que está acordado e lendo seu livro sobre deques de madeira sob a luz matinal.

— Hum — responde ele.

— Merda — digo. Estou com dor de cabeça, mas também com uma sensação ruim. — Estamos brigados?

Ele olha para mim por cima dos óculos de leitura. Seu olho roxo está amarelo agora.

— Estamos — responde ele.

— Pooorra. Por que brigamos? — pergunto.

E Willa grita lá de baixo:

— Masculinidade tóxica. E você também bebeu demais e ficou toda atacada. Foi mal, estou bisbilhotando.

— Espera. O quê?

— Enquanto a gente jogava Catan — diz ela.

Tenho uma vaga lembrança. Briguei com Nick por causa da troca de lã por madeira? Sou uma escrota.

— Não acho que sou mais inteligente que você — diz Nick baixinho. — Odeio quando você fala isso.

— Desculpa — digo, em vez de *Ai, meu deus, eu falei isso?* — E não acho que você ache isso. Foi só uma forma de substituir o motivo pelo qual realmente estou com raiva, mas que é difícil de explicar.

— O patriarcado — grita Willa.

E digo:

— Querida, você pode parar? Só por um minuto?

— Beleza, vou colocar o fone — responde ela. — Mas, só para você saber, talvez seja uma boa ideia pedir desculpas para o Jamie também. Você o xingou quando ele criou uma rota de comércio que te isolou.

— Meu deus — digo.

— Não quero brigar o tempo todo — afirma Nick.

E respondo:

— Nem eu.

Mas não sei se isso é verdade. Quero alguma coisa. Quero que algo mude. Mas o quê?

Uma vez, na terapia de casal, Nick disse:

— Estou feliz com as coisas do jeito que elas estão.

E respondi:

— Apesar de eu não estar? Para mim, isso parece loucura.

A terapeuta concordou que era uma *desconexão problemática*. Às vezes, acho que no diagrama de Venn do nosso casamento, nossos círculos de experiência não têm uma interseção. O que daria um diagrama de Venn bem esquisito. Em contrapartida, estou com ressaca e furiosa por causa de algo que esqueci, então talvez este não seja o melhor momento para chegar a conclusões sobre nossa incompatibilidade básica.

— Pelo menos as lagostas estavam deliciosas — digo.

E ele assente:

— Ahhh. Estavam mesmo!

A mesa tinha se tornado estranhamente silenciosa enquanto quatro de nós cinco nos curvávamos para extrair pedaços de carne doces e firmes, passando-os por poças fundas de manteiga derretida, tecendo elogios sobre sua excelência salgada.

— Foi uma *orgia* de crustáceos — diz Willa. — Desculpa, desculpa. Vou colocar os fones de verdade agora.

Tiro o livro das mãos de Nick, coloco-o sobre sua mesa de cabeceira e me enrosco em cima dele, pressionando o rosto contra sua pele cheirosa.

— Me perdoa — digo no seu pescoço. — Me perdoa rápido, porque meus pais já vão chegar, porque não quero estar brava com você enquanto eles te lembram de todas as maneiras como serei ainda mais irritante daqui a trinta anos.

— Eu te perdoo — diz ele, e passa os braços ao meu redor.

Não estrague tudo, imploro para mim mesma. *Não obrigue esta pessoa maravilhosa a largar você, mesmo que ele às vezes se comporte feito um contador alienígena vindo de um planeta onde sentimentos são demonstrados por meio da leitura em voz alta e sem qualquer entonação de uma lista de contas.* Eu o amo, de verdade. Apesar de sua vida emocional me lembrar daquelas máquinas turísticas que achatavam moedas e que as crianças adoravam quando pequenas: você colocava uma moeda de cinquenta centavos e outra de um centavo, girava a engrenagem — tanto esforço — enquanto a máquina gemia e estremecia, e então lá estava, uma moeda achatada. *Pare*, digo para mim mesma. *Shhhh.* Inalo o cheiro do cabelo lindo de Nick, se tornando tão sensualmente grisalho, arrasto o nariz por seu maxilar firme, com a barba por fazer, e recebo a recompensa neuroquímica da oxitocina, a droga da conexão. Estou conectada.

— Você parece um daqueles porcos que caça trufas — diz ele, carinhoso.

— Um porco que caça trufas e é meio babaca — acrescento.

— Um porco que caça trufas, que bebeu demais e não sabe perder — afirma ele.

No banheiro, abro o armário de remédios, procurando um Advil. Destampo o pote de vidro do creme hidratante da Pond's para sentir o aroma do rosto de todas as mães em 1975. Há um frasco laranja de algum remédio controlado, o que me deixa empolgada por um instante, mas é só o mesmo medicamento de refluxo sem graça que eu também tomo. Encontro um Tylenol, tomo três ou quatro comprimidos com a água da torneira acumulada na minha mão em forma de concha.

No verão em que Jamie tinha cinco anos e Willa ainda não havia completado dois, tomei um comprimido de hidrocodona que encontrei aqui. Minha desculpa foram as cólicas, mas o motivo principal foi a vontade de me esquecer de tudo.

— Vou tomar isto — anunciei para Nick, mostrando o frasco para ele: com um nome que não era meu, com uma data de validade vencida.

— Tudo bem — respondeu ele. — Mas não, tipo, *todos*, né?

— Não — falei. — Você pode cuidar das crianças?

— Posso.

Willa se esticou para mim, tentando sair dos braços de Nick, e beijei seu rosto corado antes de lhe dar as costas. Eu ansiava pelo tipo de sono do qual você acorda sentindo que estava no fundo do mar, flutuando lentamente de volta para a superfície apenas após muitas horas de afogamento. Cobri a cama com uma toalha, deitei sobre ela sob a claraboia excessivamente brilhante e o ventilador de teto que tremia. Virei de lado e pressionei o travesseiro por cima da cabeça para não escutar a bebê chorando.

Willa entra quando estou escovando os dentes e aperta um grande naco de pasta sobre sua escova, boa parte escorrendo e caindo sobre meu pé descalço.

— Ops — diz ela, me limpando com a sola da meia do próprio pé. — Arro e eriso e ua eorra orra — continua ela com a boca cheia de espuma. Estica um dedo, cospe na pia e diz: — Desculpa. Acho que preciso de uma escova nova. Me lembra quando a gente for na farmácia esquisita no centro.

— Duvido que você precise de uma escova nova — respondo.

— Quando esta parte deixa de ser azul e fica branca, está na hora de trocar — diz ela, apontando para as cerdas.

— E você se diz uma crítica do capitalismo!

Limpo a pasta de dente do chão com um quadrado de papel higiênico de folha única, seguro diante da fossa séptica.

— Bom argumento — diz ela.

— A verdade é que você *nunca* precisa trocar sua escova de dente — afirmo.

E ela responde:

— Esse até seria um conselho interessante se não viesse de uma pessoa cujos dentes estão pedindo socorro.

— Justo — digo.

Com certeza tenho mais coroas e obturações do que dentes inteiros.

Olho meu cabelo no espelho. Meu cabelo! Mas que diabo é isso? Antes, ele se assentava em cachos pesados, brilhantes, e agora se estica para fora da minha cabeça como a grama seca de um pântano no outono. Ele é áspero e leve ao mesmo tempo, de um jeito realmente paradoxal, como se meu couro cabeludo produzisse uma mistura de barbantes, nada e lixas finas.

— Sou basicamente um ser humano feito de estopa — digo, me inclinando para analisar meus poros, mas Willa me ignora.

Ela encara a cesta de palha em decomposição lotada de produtos aleatórios de banheiro.

— Cara — diz ela. — Esses absorventes noturnos parecem uns *colchões*! — Ergue um quadrado embalado em plástico do tamanho de um livro. — Alguém precisa comprar um coletor e evoluir na vida.

— Acho que eles são meus — respondo.

E Willa exclama:

— Não!

— São, sim — digo. — Acho que os deixei aqui há uns vinte anos.

— Caramba! — espanta-se ela. — Você precisava de um cinto e grampos especiais, ou coisa assim?

— Precisava — respondo. — Nós mesmas os fazíamos com linho e mirra.

— Então não — diz ela.

— Pois é — concordo. — Eles têm o adesivo normal.

No começo do surto de covid, um amigo de Willa me perguntou se eu estava viva na época da última pandemia.

— Que pandemia? — perguntei.

E ele respondeu:

— Você sabe, a gripe.

— A gripe de *1918*? — exclamei, e ele concordou com a cabeça.

— Não — declarei —, não estava.

— Maneiro, maneiro — disse ele, ainda assentindo com a cabeça. — Beleza.

Esses absorventes são gatilho para meu estresse pós-traumático, não digo para Willa agora.

A porta de Jamie abre quando saio do banheiro. Vejo seu rosto, sorrio por instinto, e digo:

— Oi, querido!

Só que, quando ele balança a cabeça, percebo que estou vendo seu rosto *na tela de um computador*. O laptop está na cômoda, e Jamie está de costas para mim, de forma que consigo me ver acenando na porta, de calcinha.

— Mãe — chama Willa do banheiro. — Mãe, o Jamie está numa chamada do trabalho. Não entre aí.

Fecho a porta do quarto e digo:

— Sim, percebi.

— Pelo menos você está de blusa — diz ela, rindo. — Ai, meu deus, mãe.

Se esse pessoal um dia escolher minha lápide, espero que ela só diga isso. *Ai, meu deus, mãe.*

15

Estamos na praia do bonde, onde encontramos um lugar perto do calçadão, já que meus pais pretendem nos encontrar aqui assim que chegarem na cidade. Enquanto observo as ondas, uma mulher muito velha sai do mar usando um maiô verde molhado cheio de babados, o cabelo branco esticado às suas costas. Parece uma sereia. Uma personagem digna de um filme de Wes Anderson ou de uma mitologia grega. É tão, tão legal. Essa mulher em específico. A velhice em geral. Mas também é um saco.

A menopausa parece um esvaziamento lento: a mente sendo esvaziada de pensamentos; a pele sendo esvaziada de carne; as juntas sendo esvaziadas de fluidos. Parece que você precisa ser lubrificada. Recauchutada. Seja lá qual for sua necessidade, a impressão é que um mecânico pode ser necessário, já que há algo muito errado com a vedação das peças na sua cabeça.

Você finalmente entende a palavra "crepom" associada à pele — apesar de uma variante também poder ser usada para se referir à sua bunda, não no sentido de *papel crepom*, mas como um *crepe murcho*. Atividades potencialmente perigosas incluem pingue-pongue, sonecas e a abertura de um pote de iogurte grego. Suas entradas começam a aumentar de um jeito que, em certas fotografias, você parece um tio careca. Se você come uma pizza de pepperoni, uma hora depois estará pressionando uma mão contra o peito, fazendo careta como o ator de um comercial de antiácido. Você programa um alarme para se lembrar de tomar o inibidor de bomba de prótons, e, quando ele dispara, seu marido diz "Está na hora do refluxo!". Você desenvolve olheiras inchadas. Papada. *Não gosto do meu pescoço* se torna o título de um livro que você leria. Antigos comerciais de televisão são interpretados sob uma nova perspectiva: um crocodilo rastejando em busca de hidratante! Sei como é! Todos os horrores que passavam batidos e eram ignorados por você na juventude: eles voltaram para te pegar.

Mas há outras manifestações das quais você nunca nem ouviu falar até que elas comecem a acontecer com você. Como o fato de que sua vagina transpira à noite. Ela perspira! A mesma vagina que se recusa tanto a produzir qualquer outro tipo de umidade, e que, quando a enfermeira da ginecologista pergunta se você é sexualmente ativa, sua resposta é rir, dar de ombros e gesticular mais ou menos com uma mão.

— Vou colocar no formulário que sim — anuncia ela, animada. — Há vulcões ativos que passam cinquenta anos sem entrar em erupção!

Sua gengiva recua. Seu corpo se torna coberto de pintas estranhas, como se uma criança pequena tivesse encontrado um monte de adesivos de verruga e os colado pelos seus seios e axilas. Tudo precisa ser mandado para biópsia, tirando aquela tira de pele embaixo dos seios que tem até tentáculos, como um polvo; pelo visto, ela é tão comum que a técnica da mamografia mal olha quando você a menciona — "Isso é completamente normal!" —, mas então gruda nela um adesivinho colorido para o radiologista não confundi-la com um tumor. Há um monte de pelos nos seus mamilos, a maioria brancos. E sua menstruação emite um canto de cisne de filme de terror, como se apenas agora percebesse que sonha em ser Freddy Krueger. Por exemplo, depois de um engarrafamento na fronteira com o Canadá, você chega em Montreal tão ensopada de sangue que, enquanto caminha até o dono do seu Airbnb, um coágulo cai da sua calça na neve. O homem olha para a mancha cor-de-rosa em expansão, diz "*Alors*" e lhe entrega a chave.

Você é tão prejudicada pela idade, mas também linda, toda enrugada e enferrujada e banhada por... aquele tom marrom vintage.

Mesmo que não consiga lembrar o nome certo dele. Mesmo que você diga:

— Nick, como é aquele negócio? É marrom?

E Nick olha para você por cima da *New Yorker* que está lendo na praia e diz:

— Hum. Pão de mel?

E você diz:

— Não, não.

Você balança a árvore da sua memória, mas tudo que cai dela são as palavras "seca" e "seta".

— Caldo de carne? — indaga ele, porque você não lhe deu mais informações. — Terra?

— Seca — responde você. — Seta. Não, não. Aquela cor marrom que é tipo *Ah, essa foto é tão velha!* Não é stevia.

— Sépia — diz ele, e você volta a deitar na areia, graças a deus.

— Seu maiô está do avesso — avisa Nick.

E você fala:

— Valeu.

Imagine seu saquinho de biscoitos saindo de uma máquina de venda automática e ficando presos no meio do caminho. Cada elemento no seu banco de memória é aquele pacote inatingível, todo astro de cinema e nome de cidade e título de livro e adjetivo, e você sacode a máquina, tenta enfiar a mão no buraco, aperta o botão de retornar a moeda, enfurecida. Esquece. Ah, você já esqueceu! Ha, ha.

— Do que você está rindo? — pergunta Nick, e ergo uma mão para proteger meus olhos.

— Da menopausa, acho — respondo.

E ele diz:

— Eita.

É irritante como minha vida reprodutiva tem sido vergonhosamente pública — ao mesmo tempo que faz eu me sentir completamente sozinha.

— Pelo menos fui poupada do absurdo ridículo de ter uma ereção, sei lá, no meio da aula de álgebra — digo para Nick.

E ele responde:

— Pelo menos isso.

E me lança um olhar incerto.

Uma conversa como esta pode ser um lobo em pele de cordeiro, como ele bem sabe. Minha raiva é como uma caneta que estoura no bolso dele; quando menos se espera, suja mãos, boca. Mas, se brigarmos, terei que falar mais sobre os bebês, sobre as mentiras. Sobre minha tristeza e a de Nick. Quanto mais envelheço, parece que menos quero falar com os outros sobre seus sentimentos ou os meus. Não do jeito normal, pelo menos. Do jeito responsável. Quero me comportar mal e ser imediatamente perdoada. Ou talvez não seja isso que quero — mas apenas o que faço.

16

Olá! Olá! Meus pais chegaram! Foram até a casa, e Jamie e Maya os trouxeram até nós na praia. Eles são tão fofos, essas pessoas de cabelos brancos — minha linda mãe usando calça de algodão com as barras desfiadas e uma blusa de manga comprida de linho branco; meu pai de tênis e meias, e short com cinto e polo azul —, que choro um pouquinho ao vê-los.

— Ai, nossa! Que drama! — exclama minha mãe sob seu chapéu de palha, mas seus olhos também estão marejados.

— Meu deus do céu, esta areia está quente feito o inferno — diz meu pai, me dando um abraço rápido antes de puxar uma cadeira de praia. — Dá para sentir mesmo de tênis.

— Que bom que vocês chegaram, pai — digo para ele, e agradeço as crianças por trazê-los.

— Foi um prazer — diz Jamie.

Willa abraça os dois, e Nick abraça minha mãe, aperta a mão do meu pai.

— Do que você precisa, vó? — pergunta Willa. — Uma cadeira? Uma bebida gelada? Um sanduíche? Minha mãe fez sanduíches.

— Quero esticar as pernas por um instante, mas uma bebida gelada seria ótimo — responde minha mãe.

Willa lhe entrega uma lata de água tônica, e minha mãe fita o topo dela e franze a testa.

— Abre para mim, querida — diz ela, devolvendo a lata para Willa. — Elas são tão escorregadias.

Nick e eu trocamos um olhar preocupado, que minha mãe nota.

— Ah, parem com isso, vocês dois — declara ela. — Só estou velha. Isso não é novidade para ninguém.

Jamie e Maya nadam no mar, e o restante de nós almoça. Fiz sanduíches com pão de forma, o peito de peru bom e queijo suíço fatiado, com salada de repolho e mostarda amarela para meu pai, e só um pouquinho de manteiga e uma fatia quase transparente de peito de peru para minha mãe, do jeito que ela gosta. Depois de ter crescido nos tempos de racionamento da guerra, ela ainda parece preferir recheios discretos.

— Ah — diz ela sobre seu sanduíche quase vazio. — Que delícia!

Trouxemos as batatas fritas com sal e vinagre de que eles gostam e um quarto da salada de macarrão do supermercado, que dividimos com um único garfo, passando o pote.

Sentamos em um semicírculo de cadeiras aleatórias e conversamos do jeito que se conversa na praia: uma mistura de notícias atuais, visões reais ou imaginárias de animais silvestres, e fofocas sobre as pessoas ao redor. Apesar de termos enfiado o guarda-sol tão fundo na areia que ele deve ter alcançado a Austrália, fico nervosa quando o vento ganha força. Descubro que a relutância de Nick em pedir desculpas não se limita ao nosso relacionamento quando o observo buscar nosso guarda-sol voador quase entrando no olho de outra pessoa, dizendo apenas:

— Isto é nosso.

Encho a base do guarda-sol de areia enquanto escuto meus pais conversando com as crianças.

— Willa — diz meu pai em determinado momento, entregando seu celular —, você pode me ajudar a entender por que há tanto spam na minha pasta de spam?

— Mort, não — fala minha mãe. — Guarda o telefone! Ele vai cair na areia e estragar.

— Vai dar tudo certo — afirma ele. — Willa. Por quê?

— Espera — responde ela. Mastiga e engole. — Qual era a pergunta? Por que tem spam na pasta de spam?

— Isso — diz ele.

— Hum, porque é a pasta de spam? Sei lá, vô. Você se incomoda com isso?

— Me incomodo — responde ele. — Não gosto de abrir a pasta de spam e ver todos aqueles e-mails de propaganda.

— Não seria melhor não abrir a pasta de spam?

— Não — diz ele. — Porque eu sei que eles estão lá, e é irritante.

— Quer que eu mostre como apagá-los? — pergunta Willa.

— Seria ótimo — responde meu pai, abrindo um sorriso radiante, porque minha filha é genial. — Mas adoro spam — acrescenta ele.

E Willa diz:

— Espera. O quê?

— Spam de verdade. O presunto enlatado. Frito, com ovos.

Verdade seja dita, não é a primeira vez que ele faz essa piada.

— Ah, Mort, não seja nojento.

E ele pergunta:

— Alice, você já provou presunto enlatado?

Minha mãe admite que não enquanto Willa espera pacientemente com o celular do meu pai na mão.

— Vô, você quer que eu mostre como apagar os e-mails?

— Ah, você pode fazer isso por mim? Não me importo o suficiente para aprender.

A praia é uma mistura louca de guarda-sóis coloridos, cangas coloridas e roupas de banho coloridas. Gosto tanto disso, mesmo com o sol queimando e mosquitos picando nossos tornozelos. Pessoas de todos os tamanhos saem cambaleando do mar gélido, rindo. Várias delas têm tatuagens, seus peitos e ombros e braços rabiscados por todos os cantos, como telas caóticas. Há muitas pessoas brancas com as costas manchadas de vermelho. Há jovens espalhados ao nosso redor com seus corpos bonitos, provavelmente ignorando a questão do colágeno — isto é, que não importa se são gordos ou magros, sua pele se ajusta belamente ao entorno. Muitas pessoas estão com livros no colo, apenas algumas de fato lendo. Eu mesma estou há tanto tempo com a *New Yorker* fechada, que a revista faz um barulho de sucção quando a tiro do lugar, a contracapa deixando uma marca em minhas coxas suadas. Tiro uma soneca embaixo do boné, escutando Willa e meu pai discutindo sobre os protestos do *Black Lives Matter*. Em algum momento, escuto meu pai dizer:

— Bem, só estou dizendo que se fossem judeus quebrando as janelas de todo mundo…

E paro de prestar atenção de novo. Pouco depois, ouço meu pai explicando a diferença entre um *schlemiel* e um *schlimazel*: o primeiro é uma pessoa desajeitada que tropeça, cai num arbusto e assusta um pássaro; o segundo é a pessoa em quem o pássaro assustado caga.

— Mas eu não quero mesmo é ser um *schmegegge* — diz ele.

E Willa ri, declara:

— Nem sei o que é isso, mas também não quero.

Enquanto isso, Jamie conta para Maya que ele achava que a expressão fosse na verdade "ser de carne e fosso".

— Mas não é? — pergunta Maya.

E Willa responde:

— *F-O-S-S-O*. Ele achava que fosse "carne e fosso".

— Eu imaginava, tipo… — Jamie faz uma pausa. — Um bife. Num buraco.

Eles riem mais, conversam e discutem, apontam entusiasmados para uma idosa fazendo topless.

— Ah, espera — escuto Willa dizer. — Acho que é só um velho peitudo. Tudo bem, tudo bem. Tadinho. Está tudo certo.

Presto atenção na conversa deles enquanto também bisbilhoto os caras de boné que falam arrastado atrás de nós, que parecem ter bebido umas dez mil cervejas ou se drogado.

— E você quer saber que merda tinha no lago de peixes?

— Peixes?

— É! Era a merda dos peixes.

O protetor solar em aerossol deles vem na nossa direção e me dá câncer de pulmão.

— Ah, oiii — escuto Willa dizer, e curvo as mãos sobre os olhos para ver o que está acontecendo.

É a moça bonita d-a loja de surfe! Usa um biquíni vermelho e muitos colares que parecem ser feitos de fitas de couro com nós. Seu cabelo é comprido e quase branco de tão louro. Willa a puxa pelo quadril exposto e a beija na boca. Caramba! É tão esquisito saber que bebês crescem um dia e passam a transar por aí. Olho para minha mãe, que está educadamente virada para o outro lado, tentando não chamar atenção para as tendências gays acidentais de todo mundo.

— Vó, vô, esta é minha amiga Callie — anuncia Willa.

— Que bom te conhecer, Callie — diz minha mãe, e meu pai bate uma continência bem-humorada em sua cadeira.

— Ah, espera, essa é minha mãe. Mãe, Callie. Callie, essa é minha mãe, Rachel. Mas todo mundo a chama de Rocky.

— Olá, Callie misteriosa das saídas noturnas — digo, e Willa revira os olhos como se estivesse na quinta série.

— É um prazer conhecer vocês todos — diz Callie.

— O meu pai está ali na água — continua Willa, apontando. — E meu irmão e a namorada.

Callie concorda com a cabeça e diz, apontando para a praia:

— Não posso ficar muito.

— Ela é salva-vidas — explica Willa.

— Legal — digo. — Então você pode nos passar informações privilegiadas, tipo, onde tem correntezas fortes, tubarões e tal.

— *Aqui* tem tubarões — diz Callie.

— Ah, eu só quis dizer, tipo, *agora* — respondo.

E ela assente com a cabeça, dá de ombros e afirma:

— Bem, para falar a verdade, há um monte de tubarões o tempo todo.

— Eita! — exclamo. — Então você pode ficar à vontade para vir salvar a gente se algum aparecer.

— Pode deixar — diz ela, rindo.

Ela e Willa seguem pela praia, seus braços perfeitos entrelaçados.

— Seus filhos são maravilhosos — diz minha mãe, e aperta minha mão. — Maravilhosos mesmo.

Seguro seus dedos por um minuto a mais, sinto-os estremecer antes de ela puxar a mão de volta para o colo.

— Você está bem? — pergunto.

E ela responde:

— Pare de bobagem. É claro.

— Estou muito interessada em te manter viva, mãe, você sabe.

— Eu sei, querida.

— Então, se houver qualquer coisa com que eu precise me preocupar, você precisa me contar.

— Vou contar. Prometo.

Ela é uma mentirosa, mas, de qualquer forma, me permito ser tranquilizada.

Quando perdemos o bebê — perdemos *o bebê!* Como se ele tivesse caído do bolso do casaco no ônibus —, meus pais mandaram flores, comida, se ofereceram para ir nos ajudar. Na época, Jamie tinha quatro anos. Na próxima, ele tinha cinco anos.

— Acho que estamos bem — falei, o que não era verdade.

Mas era o suficiente saber que eles fariam isso. Sentir o amor naquela oferta. A compaixão.

Há algumas coisas que ainda não contei — e que contarei. E há outras que permanecerão em segredo. Willa, por exemplo, tem uma história que não é minha para compartilhar. Só contarei que, naquela manhã de primavera três anos atrás, publiquei uma foto da janela de um hospital com vista para um parque de Boston cheio de flores, e uma amiga da internet — uma amiga que não conhecia na vida real — me mandou uma mensagem privada para dizer: "Conheço essa vista. Estou aqui, sou a chefe de pediatria. Me avise se você precisar de algo ou se eu puder ajudar de alguma forma". Naquele momento chorei. Estou chorando agora, só de lembrar. O desespero se misturava a uma beleza tão incrível. Simplesmente persistimos em ajudar uns aos outros. Mesmo no mistério da tristeza das pessoas que nos cercam. Que outra opção temos?

Minha mãe quer ir ao caminho que passa pelas dunas. Ela viu alguns cinórrodos de rosa maduros.

— Acho que não o suficiente para preparar geleia. Mas talvez dê para fazermos um chá. — Quando eu era pequena, minha mãe me ensinou a morder as frutinhas vermelhas carnudas para avaliar se estavam boas: o ideal é sentir o doce na língua, enquanto sua mandíbula trinca com o azedume. — Antigamente, elas só amadureciam depois que nevava — continua ela.

E apenas respondo:

— Que esquisito.

Por que de que adiantaria argumentar que o clima está mudando? É um assunto tão chato e estressante. Minha mãe limpa um saco de sanduíche com a ponta de sua toalha, enfia-o no bolso, levanta e estica as mãos para me ajudar a levantar. Não dá certo. Acabo puxando-a para o meu colo, porque ela tem o tamanho e o peso de um beija-flor idoso, e então acabo a empurrando para a areia, onde ela cai encolhida, rindo. Meu pai ergue o olhar de suas palavras cruzadas do *New York Times*, balança a cabeça e diz:

— Tente não matar minha esposa, por favor.

Ele volta a destampar a caneta. Nick vem correndo, a água do mar escorrendo de seu cabelo, e ajeita a minha mãe, ajudando para que ela se erga sobre seus pés protegidos por chinelos. Ela agradece e se sacode, pega minha mão para seguirmos pelas colinas arenosas, porque se há comida silvestre sendo oferecida pelo glorioso sol de verão de Cape Cod, que outra opção temos além de aproveitá-la?

17

Jamie tinha quatro anos na época, Willa não havia completado um ano. Havíamos nos mudado de Boston para a região oeste de Massachusetts no começo daquele ano, e eu não conhecia nenhum ginecologista próximo. Quando voltamos de Cape Cod, resolvi testar a recomendação desanimada de uma amiga: "Ele é meio babaca, mas fez o parto dos meus bebês direito. Desculpa", disse ela. "Só conheço esse."

Deitei metade do corpo na mesa, de blusa e meias, tentando me sentir uma pessoa de verdade. O médico se agigantou sobre mim, me encarou lá do alto.

— A ultrassonografia vai mostrar o tempo de gestação — disse ele.

— Tudo bem — respondi.

Tenho um bebê em casa, não falei. *Posso tirar um cochilo rápido?*

Ele me apertou com o aparelho lubrificado, como se tivesse acabado de sair de uma espaçonave para aprender mais sobre terráqueas do sexo feminino e seu funcionamento. Na tela, a imagem granulada oscilava rápido em preto e branco, e então algo apareceu. Uma pocinha preta.

— Aí — declarou ele. A poça piscou e fechou, então piscou e abriu enquanto ele ajustava o aparelho. — Esse é o saco gestacional, e... prontinho. — O médico moveu o aparelho de novo, e um pontinho minúsculo pulsou na tela. — Viu a oscilação? Temos um batimento cardíaco, mamãe! — Mamãe! Nossa. Chorei um pouco. Ele tirou uma medida, anunciou: — Seis semanas.

— Eu o amo tanto — disse Nick, fingindo chorar quando lhe entreguei a foto da mancha preta. Era a citação de uma comédia dos irmãos Coen.

— Você pode parar com isso? — pedi.

— Desculpa — respondeu ele. Passou os braços ao meu redor. — É tão empolgante! — continuou ele, mas não me convenci. De que era empolgante nem de que Nick estava empolgado. — É como se... — Ele apontou para a imagem. — Seja lá o que isso for.

— Acho que é só poeira — falei, e limpei o papel.

— Ah! — exclamou ele. — Mesmo assim.

Escutamos Willa acordando da soneca, chorando para mamar. Fui até onde ela estava deitada no nosso colchão. Quando me viu, seu rosto se abriu em um sorriso. Ela virou de barriga para baixo e segurou minha calça de moletom para se levantar. Eu me estiquei para pegá-la no colo, e ela tocou a lateral do meu rosto com um dedo gordo. Puro fascínio, pura alegria.

— Mamãe!

Um mês depois, implorei para Nick me levar de volta para o mar. Setembro.

— Por favor — falei. — Uma noite em Cape Cod. Só preciso nadar.

— É claro — disse ele. — Tudo que você quiser.

Sangrei o bebê para fora de mim na água salgada. Não vi tubarões. Eu queria esquecer. Mas também queria vida. Queria manter a vida que tinha.

18

A casa está muito, muito cheia. Tive muitas ideias excelentes na vida, mas todos nós ficarmos juntos aqui talvez não tenha sido uma delas.

Entre o chuveiro externo e o chuveiro interno, todo mundo consegue tomar banho, mas somos sete, e há apenas uma privada frágil. Também há toalhas de praia e toalhas de banho molhadas pelos cantos.

— Jamie, querido, você pode dar um jeito de pendurar todas essas toalhas lá fora?

Claro que ele faria isso! Ele desaparece pela varanda com um rolo de barbante e duas cordas elásticas com ganchos — um garoto que, assim como o pai, adora encontrar um problema que seja capaz de resolver.

Minha mãe está falando com Frango.

— Quem é o gato mais bonito? — pergunta ela, retórica, e ele pisca devagar, deita de lado para poder amassar o ar com suas patinhas amadas. — Ele pode subir na mesa? — indaga, e dou de ombros.

— Você gosta tanto de gatos, mãe — digo para ela. — Vocês deviam pegar outro.

Quando eu era pequena, sempre havia gatos na nossa casa: malhados, laranja, preto e branco. Eu os vestia com gorrinhos e coletes e mal pensava nos irmãos que nunca tive. Só que, para ser sincera, me sentia solitária de toda forma. Meus pais me amavam, mas seu grande romance não deixava muito espaço sobrando. De quem eu preencheria o coração? E quem preencheria o meu? Eu era um plugue sem nenhuma tomada onde me encaixar. Mais tarde, meus pais se irritariam comigo por eu ser uma adolescente piranha, mas só queria encontrar o que eles tinham. Ou algo parecido.

— Não quero que seu pai tropece em um gato e quebre o quadril — diz ela. Frango está em seus braços agora, a cabeça apoiada na curva de seu pescoço. — E, além do mais, quem vai cuidar do gato depois que a gente morrer?

— Hum, em primeiro lugar, nós vamos cuidar dele — respondo. — E, em segundo, acho que um gato não vai viver mais do que vocês por enquanto.

— Eu não teria tanta certeza — reclama meu pai da cama. Ele foi deitar. — Aliás, minha coluna está me matando. Alguém pode me trazer um copo d'agua e um Advil?

Minha mãe me entrega o gato e vai até ele.

Maya está no sofá-cama, com os pés no colo de Willa. As duas estão passando o catálogo da imobiliária uma para a outra, adivinhando preços e às vezes soltando gritinhos de horror e descrença.

— *Remoção de amianto incluída!*, com ponto de exclamação. Por 2,6 milhões de dólares.

Maya parece *mais pra lá do que pra cá*, como minha mãe diria, mas a deixo em paz. Ela e Jamie estão juntos há uma eternidade — desde a faculdade. Cinco anos? Seis? Nós a adoramos. E ainda não sei no que ela está pensando. Em como está se sentindo. E imagino que ela deva estar um pouco nervosa, escondendo um segredo tão grande de todas estas pessoas barulhentas e complicadas que são quase sua família, mas nem tanto.

— Segura isto aqui — digo, e entrego Frango para Willa, que bufa sob seu peso.

— Sou o gato mais magrinho que você já viu? — pergunta ela na voz do gato.

E respondo:

— É, sim!

Mas então pisco para Willa, porque estou mentindo.

— Ele é tão gordo! — sussurra ela, agora como si mesma, e o levanta como um peso para beijar sua barriga.

Nick chega de uma corrida rápida antes do jantar. Comprou o milho e o peixe, camarão e o vinho branco de que meus pais gostam.

— Você é um cara legal, Nicky — digo. — Obrigada.

Estou cortando tomates, e ele se aninha em minha nuca, passa a mão em mim enquanto guarda os biscoitos de água e sal no armário acima da minha cabeça. Ah, adoro ser desejada!

Maya empurra a porta de correr para se juntar a Jamie na varanda, onde todas as toalhas agora estão penduradas e levemente balançando como uma grande bandeira tibetana de oração. Escuto os dois rindo, vejo-os se inclinando sobre alguma coisa. Encontro o olhar de Willa, e ela imita fumar um baseado.

— Seu rosto está parecendo um emoji de careta — diz ela.

— Acho que se chama *fazer uma careta* — respondo.

— **Que fedor é esse?** — pergunta minha mãe.

Ela está parada sob o batente do quarto, com o nariz apontado para cima como uma diretora escolar às quatro e vinte. Maya e Jamie sabiamente saíram da varanda e entraram na floresta.

— Um gambá? — sugere Willa.

E minha mãe responde:

— Talvez. Parece maconha. Agora que legalizaram o uso em Nova York, não conseguimos andar nem um quarteirão sem encontrarmos nuvens imensas disso se espalhando por todo canto. Fico com vontade de *vomitar*!

— Que dramática — diz Willa, e dá um tapinha ao seu lado no sofá-cama. — Senta comigo, vó. Descansa esse seu nariz sofrido. Vamos dar uma olhada nas ofertas absurdas em Cape Cod, quem sabe você não resolve comprar um barraco por setecentos e cinquenta mil dólares?

Minha mãe obedece.

— Quero ter *vista para o pântano*, será? — pergunta ela para minha filha.

E Willa responde:

— Só se você gostar do *cheiro* do pântano. Imagine lixo, mas feito de caranguejos.

— Ai, nossa, não! — exclama ela, e então: — Rachel, posso começar a servir os petiscos?

— Por favor! — respondo.

Willa ajuda minha mãe a levantar, e ela dá cinco passos até a geladeira, pega o queijo, o molho picante e limões, e leva tudo para o lado de fora. Nick lhe entrega os camarões, um pacote de biscoitos de água e sal, um pote de azeitonas verdes, um prato e uma faca, e minha mãe senta à mesa da varanda para cortar o limão em fatias e arrumar tudo. Enquanto isso, meu pai surge, se acomoda ao lado de Willa dando um suspiro. Willa pergunta sobre a soneca dele, que foi *perfeita, incrivelmente perfeita*. Frango pula para o colo dele, meu pai dá batidinhas na cabeça do gato como se ele fosse um cachorro, o que faz o bicho baixar as orelhas de prazer. As crianças maiores voltam para a varanda, e escuto minha mãe proibindo-as de comer os camarões que ela está arrumando.

— Você pode parar de cozinhar e tomar uma taça de vinho com a gente? — pergunta meu pai, como se ele fosse meu anfitrião, e não eu a anfitriã dele.

Posso! Diminuo o fogo na panela de milho, guardo o peixe na geladeira, limpo as mãos em um pano de prato e me junto a eles. Puxamos cadeiras, servimos o pinot grigio, distribuímos guardanapos e pratinhos.

Willa recusa uma taça de vinho.

— Eu me comporto como se fosse muito sofisticada — diz ela —, mas a verdade é que sou meio abste-mia. — Todo mundo ao redor a encara. — Não é assim que se pronuncia essa palavra — adivinha ela.

E digo:

— Não.

E ela ri.

— Acho que nunca ouvi ninguém a falando em voz alta. Vô, você pode contar mais sobre a sua família? — pergunta Willa ao meu pai.

Ela está mordiscando o caroço de uma azeitona. Recentemente, fez um desses testes de DNA por correio e ficou muito interessada em seus antepassados. De acordo com os resultados, sou sessenta e um por cento judia asquenazita, o que faz com que surpreendentes onze por cento tenham vindo da minha mãe.

— Alguém trepou com um judeu, mas quem? — indaga Willa.

E sua avó estalou a língua para ela, falando:

— Não seja grosseira, Willa.

— Mas é sério — insistiu Willa. — É meio difícil de imaginar.

Era mesmo! Todos aqueles ancestrais plantando amores-perfeitos, comendo bolos de limão e acenando para a rainha — com um judeu escondido entre eles. E ela também está curiosa sobre meu pai.

— Conta um pouco mais sobre a Polônia — pede Willa.

Distraído, meu pai pega um pedaço de biscoito que caiu em seu colo, o coloca na boca.

— O que você quer saber sobre a Polônia?

— Acho que não sei direito quando seus pais vieram para os Estados Unidos — responde ela. — Quer dizer, sei que a sua mãe veio da Rússia, da Ucrânia, na década de 1920. Mas quando a família do seu pai veio?

Esse era o meu avô, um homem bruto, que cheirava a pastrame e vendia fitas e contas no bairro dos armarinhos, e que morreu de ataque cardíaco antes dos meus filhos nascerem.

— Ele também veio na década de 1920 — explica meu pai. — Mandaram só ele e as duas irmãs. Três crianças em um barco para a ilha Ellis. Sei que eles pegaram piolho. Ficaram com medo de serem mandados de volta por causa disso.

— Eles deviam estar apavorados — diz Willa, de olhos arregalados só de imaginar aquilo.

Meu pai concorda com a cabeça, morde o camarão até o rabo, mastiga e engole, toma um grande gole de vinho.

— Imagino que sim. Quer dizer, ele não falava muito sobre isso. Mas é claro. Você pode procurar por eles, na verdade. Acho que a ilha Ellis tem todos os registros.

Willa fará isso.

— Eles foram morar com parentes no Brooklyn? — pergunta Jamie, e meu pai concorda com a cabeça.

Essa é a parte da história que meus filhos sabem: que os pais deles deveriam vir depois, mas nunca conseguiram juntar dinheiro suficiente.

— E você não conheceu seus avós paternos? — pergunta Willa.

— Não. Nasci em 1935. E meus avós morreram na Polônia, em 1942.

— Os dois no mesmo ano? — indaga Willa.

E meu pai responde:

— É claro.

— Por que *é claro*? — pergunto.

Ele pisca.

— Em Treblinka.

— O vilarejo perto de Varsóvia — esclareço para as crianças. — Ele não está falando do campo de concentração.

Meu pai olha para mim e levanta as grossas sobrancelhas brancas, balança a cabeça.

— Mort — diz minha mãe, como um alerta.

— Pai — digo.

Meus braços se arrepiam.

Willa começa a chorar, declara:

— Desculpa. Desculpa. Não entendo o que está acontecendo.

Meu pai dá tapinhas em suas costas.

— Não quero causar problemas. Mas sim, Treblinka, o campo de concentração. Rocky, você sabe disso.

— Pai, não. Não sei.

— Como você não sabe disso?

Também estou chorando um pouco agora.

— Quer dizer, não faço a menor ideia. Acho que não sei por que ninguém nunca me contou. Apesar de eu com certeza ter perguntado. Perguntei mais de uma vez. Você… — não será a palavra certa, mas não consigo pensar em outra melhor — *mentiu* para mim?

— Menti? Não. Acho que não foi uma mentira. Não exatamente. E, além do mais, você deveria querer acreditar nisso. Você não é burra, Rachel. Como achou que dois judeus na Polônia ocupada por Hitler morreram?

— Não *brigue* comigo! — exclamo. — *Ninguém sabe como eles morreram.* Tenho certeza de que foi isso que você me falou. Então não guarde um segredo imenso e terrível de mim e depois fique irritado por eu não saber a verdade!

Nick empurra a cadeira para trás e levanta, vem me envolver em seus braços por trás. Minha mãe e Willa me dão tapinhas de lados opostos. Sou péssima em ser consolada. Também estou encurralada e sentindo uma onda de calor terrível.

— Não era um segredo — diz meu pai, e dá de ombros.

— Eu acho — começo, e então paro. Estou tão triste e irritada que parece que meu crânio suado está prestes a estourar como uma piñata de tristeza, meus sentimentos horríveis jorrando por cima de todo mundo. — Eu acho — repito — que era um segredo, sim. Passei a infância inteira lendo livros sobre o Holocausto, pai. Você sabe disso.

Meu pai dá de ombros novamente, passa um camarão pelo molho apimentado.

— As coisas são assim mesmo.

— *O quê?* — exclamo. Minha mãe enfia a mão no bolso e me passa um lenço, entrelaça seu bracinho ossudo no meu. — O que isso significa? *As coisas são assim mesmo?*

— Ei, mamãe? — chama Willa, tranquila. — Isso é meio pesado. É bem, bem pesado. Mas será que não seria melhor acalmarmos os ânimos? O vovô está contando algo sobre... sobre ele, na verdade. Mais do que está contando algo sobre *você*, acho.

— Obrigada, querida — digo.

E Jamie sorri, fala:

— Você acabou de insinuar que a mamãe é narcisista?

Amo mais essas crianças a cada dia que passa.

— Desculpa, pai — digo. — Desculpa mesmo. Que traumático... crescer com tanto sofrimento em casa. — Na casa dele. Na casa de todo mundo. Meu deus. Tantas crianças sem mãe. Tantas mães sem filhos. Um desfiladeiro do tamanho de um continente, cheio de ossos. — Nem consigo imaginar. Me perdoa.

Estico uma mão para ele do outro lado da mesa.

— Não — diz meu pai. Ele segura minha mão. — Eu que deveria me desculpar. Não era para ser um segredo. Mas entendo agora que era. Não entendo como o tempo passou tão rápido. Como sou tão velho, e ainda há coisas de que você não sabe. Sempre pretendi te contar, mas só... — hesita — não contei. Não contei.

— Você contou agora — digo. — Conte mais. Você consegue?

— Consigo — responde ele. — Quero contar. Mas talvez não agora. Estou cansado, e temos o peixe.

— É claro — assinto. — Vou fazer o jantar.

Horas depois, as velas queimaram nos pratos até se tornarem piscinas de cera translúcida. O sol se pôs, os mosquitos chegaram e foram embora, e nossos pratos foram afastados. Acabei assando o robalo e servindo-o com molho de manteiga, limão e alcaparras. Ficou perfeito. O milho era uma explosão adocicada, o macarrão em formato de estrela estava simples e gostoso, e os tomates, frescos e restauradores. Nick abriu uma segunda garrafa de vinho. Uma terceira. Maya abriu a cama na sala, e ela e Jamie estão deitados sob a luz do abajur. Agora, somos só eu, meus pais, Nick e Willa aqui fora. Conversando, rindo, beliscando a barra de chocolate bom que parti em pedaços. Estou completamente preenchida em todos os sentidos.

— Não tivemos notícias deles — explica meu pai sobre seus avós. — Alguns conhecidos recebiam cartas de amigos ou parentes dizendo "Estamos sendo deportados" ou "Estão cercando o bairro". Nós não recebemos notícia nenhuma. Um cartão de boas festas em um ano e depois nada. Silêncio. — Ele balança a cabeça. — Minhas tias vinham nos visitar, e eu ficava ouvindo escondido com meu irmão, seu tio Sal. Éramos só crianças, sabe? Não entendíamos direito o que ouvíamos, e ninguém achou que fosse melhor nos explicar. Escutávamos as conversas, o rádio. Tentamos juntar os pontos.

— Deve ter sido muito confuso, vô — diz Willa, e ele concorda com a cabeça.

— Foi mesmo. Mas éramos crianças. A gente queria jogar bola. Jogar hóquei. Ganhamos uns patins de metal, e queríamos patinar pelas ruas, comprar cachorro-quente na barraquinha. A vida não girava em torno disso.

Imagino meu pai e meu tio no seu apartamento de um quarto no Lower East Side, tentando escutar a conversa dos adultos. Tentando não escutar. Talvez eu também fizesse isso.

Willa mergulha a ponta dos dedos na cera derretida, a descasca e faz rolinhos, enfia-os na vela para derreterem de novo. A luz ilumina suas maçãs do rosto. Penso *Meu bebê!*, mas guardo o pensamento para mim.

— Você sabe quando sua família teve certeza? — pergunta ela.

Meu pai concorda com a cabeça.

— Acho, e posso estar enganado, que recebemos uma carta em 1944. Talvez em 1945, mas tenho quase certeza de que foi antes do fim da guerra. De vizinhos de Varsóvia que foram deportados para a Sibéria. Acho, e, de novo, não tenho certeza, que eles viram meus avós sendo colocados em um trem. Mas por que os vizinhos não teriam ido também? Não sei. Posso ter entendido errado essa parte.

— Seus pais leram a carta para vocês? — pergunta minha mãe.

Percebo que ela também parece não saber a história inteira, o que me consola.

— Não, não — responde meu pai. — Não sei como ficamos sabendo. Acho que só escutamos a conversa. Mas me lembro do meu pai chorar. Foi um som que eu nunca tinha ouvido sair dele. E nunca mais ouvi.

É uma história tão parecida com a de um livro que líamos para as crianças — sobre um casal idoso que se reencontrava décadas após o Holocausto — que me pergunto se é verdade.

— Nunca tocamos no assunto — diz meu pai.

— Então quer dizer que vocês nunca falaram sobre seus avós, vô? Ou sobre o Holocausto?

— Sobre nenhum dos dois, na verdade — responde meu pai. — Todo mundo se sentia tão... sei lá. Triste, é claro. Mas também havia tanta culpa. Talvez até vergonha. Por eles terem sobrevivido. Mas também, e isto é só uma conclusão a que cheguei agora, por isso ter acontecido com todos nós, como judeus. Essa monstruosidade! Como permitimos algo assim? Que tipo de pessoas éramos? Era um absurdo.

— É por isso que existe tanta culpa entre os judeus? — pergunto. Por algum motivo, nunca pensei no assunto. — Quer dizer, se eu voltasse no tempo... carregávamos uma sensação de culpa menor, tipo, como *povo*, antes do Holocausto?

— Duvido — diz meu pai. — Os judeus vivos sempre são sobreviventes. Isso acontece desde sempre.

— Desde antes dos campos de concentração — afirma Willa.

— Desde antes dos campos de concentração — repete meu pai.

— Acha que era por isso que você odiava acampamentos de verão? — me pergunta Willa. — Por causa da ideia de ficar isolada em um lugar?

— Não, querida. Odiava porque seus avós me mandaram para um acampamento que mais parecia o cenário de *O senhor das moscas*, onde todo mundo jogava bolas na sua cabeça e transmitia perebas. Mas é uma possibilidade interessante.

Meu deus.

Willa ri, depois fica séria de novo. No silêncio, os grilos começam a ranger suas velhas músicas.

— Você devia se sentir tão assombrado, vô, crescendo com esse peso em casa — diz ela.

— Assombrado? — repete ele. — Acho que nem tanto. Foi uma tristeza, claro. Mas tínhamos o que comer. Estávamos seguros, relativamente seguros. Seguimos com nossas vidas. — Meu pai dá de ombros. — O que mais se pode fazer?

— Não sei — respondo, apesar de estar pensando em mim mesma de novo, em traumas geracionais. — Quer dizer, que bom, acho. Mas sei lá.

— *Eu* sei — diz meu pai. — Envelhecer é um privilégio. Temos sorte por estarmos aqui.

— Temos mesmo.

Então choro um pouco, por causa da conversa e do vinho e dessa tristeza e benção absolutas, tudo formando um bolo na minha garganta que passei a vida inteira tentando engolir.

A vida é uma gangorra, e estou parada no meio dela, imóvel e equilibrada: filhos vivos de um lado, pais vivos do outro. Nicky aqui comigo, no centro. *Não mexa um fio de cabelo*, penso. Mas mexerei, é claro. Isso é uma necessidade.

19

No verão em que Jamie tinha cinco anos e Willa ainda não havia completado dois anos, Nick e eu voltamos ao ginecologista para a consulta de retorno. Já tínhamos ouvido os batimentos cardíacos. Havíamos colocado a foto granulada na geladeira. Embaixo da minha escrivaninha, eu tinha colado um papel secreto com os nomes *Boris* e *Pearl*. Ele continua lá — *como um amuleto*, quero dizer, mas do que ele poderia me proteger agora? Na sala de exame, as enfermeiras me pesaram e esticaram uma fita métrica pelo leve volume na minha barriga.

— Treze semanas — anunciou o médico ao entrar. Ele era mais gentil comigo quando Nick estava ali. — Vamos ver o que aparece.

— Quero ouvir os batimentos cardíacos que parecem batidas de cascos de cavalo — falei. — Já conseguia sentir a Willa chutando a esta altura. Só quero mais… — o quê? — contato — concluí.

Mas eu queria dizer *provas*.

— Improvável — respondeu o médico. — Que você pudesse sentir movimentos com treze semanas. — Ele estava pressionando a lateral da minha barriga com o aparelho. Eu o detestava.

— Cuidado — falei, no sentido urológico. — Minha bexiga está cheia.

Nick se esticou da cadeira para segurar minha mão.

— Aqui vamos nós — disse o médico. Aumentou a pressão. — Quase lá. Aguenta firme.

A imagem granulada passou rápido, e então a bebê estava lá — aquela criatura marinha curvada e fofa. Dava para ver o perfil do rosto dela. Dava para ver sua imobilidade — dava para sentir, na minha barriga, a quietude que eu via na tela.

E, de repente, eu soube. Talvez já soubesse.

— Só estou localizando os batimentos cardíacos — disse ele, mas eu estava chorando.

— Não — falei. — Não, não, não.

— Calma, calma. Relaxa, mamãe. Você está piorando a situação.

O médico espirrou mais gel na minha barriga.

— Não — falei.

Ele apertou a sonda com força, analisou a tela, baixou o aparelho e saiu da sala.

— Nicky — disse eu, e então ele levantou e agachou ao meu lado.

— Está tudo bem — declarou ele. — Não deve ter nada de errado. Esse tipo de coisa deve acontecer o tempo todo.

— Não — falei. — Ah, não. Coitadinha.

Mais pessoas entraram na sala usando jalecos, apontaram para a tela, conversaram entre si, balançaram a cabeça, confirmaram o pior. Eu me sentia como uma cegonha incompetente que havia derrubado seu precioso embrulho no meio do voo.

Eles apresentaram nossas opções: Curetagem — a "solução" cirúrgica e imediata. Um remédio, como misoprostol, para "acelerar o processo". E aquilo que chamaram de "esperar para ver o que acontece" — que parecia sugerir que havia várias possibilidades, quando a verdade era que só existia uma: esperar para ver o indicador de que você não terá um bebê, algo que já é óbvio. Todas as palavras que eles escolhiam me enfureciam, cada suposta *opção*, como se estivéssemos escolhendo o que jantar no cardápio de um restaurante. *Você quer perder o bebê? Ou prefere perder o bebê?* Pensar neles enfiando mais coisas em mim era insuportável. E esperar parecia uma tortura. Escolhi o remédio.

— Vamos sair de férias na semana que vem — falei. — Ainda posso nadar no mar?

— Talvez não seja uma boa ideia — responderam eles.

— Por que não? — questionei. — A bebê já morreu.

Eles trocaram olhares nervosos. Eu deveria ser mais delicada. Puta que pariu.

— Talvez seja melhor evitar — disseram eles.

Li o panfleto. Estava deitada de lado na mesa.

— "Não nadar em lagos ou rios" — li. — Não tem nada sobre o mar.

— Tudo bem — respondeu meu médico. — Se você quiser arriscar, fique à vontade.

Então sentei para me vestir e ir embora antes de assassinar alguém.

Fechei os olhos no carro, levei uma mão à barriga que abrigava nossa criança morta — um pequeno pêssego murcho, pálido. Na minha cabeça, eu ouvia o barulho de um sinal de telefone, e me perguntei se eu morreria. Mas é claro que não. Iria para casa preparar macarrão, como toda mãe enlutada pelo mundo.

Mais tarde, li a bula do remédio deitada na cama.

— "Escape de matéria fecal" — li em voz alta para Nick. — Eca. Só faltava essa.

Ele olhou para a bula, disse:

— *Fetal*, amor.

E respondi:

— Ah, então é melhor, acho.

E desliguei minha luminária.

As crianças dormiam em um montinho entre nós. Não nos dávamos ao trabalho de tirá-las da cama naquela época. Eram pequenas. Eram cheirosas. Ansiavam pela nossa companhia. Olhei para o arco de cílios escuros de Willa, sua bochecha perolada sob a luz da lua que entrava pela janela do quarto. A boquinha cor-de-rosa de Jamie chupando um dedão. Eu só queria dois filhos — essa era a verdade. Mas o corpo queria mais. *Meu* corpo, acho que eu deveria dizer. Contudo, caramba, ele realmente não parecia meu.

QUINTA-FEIRA

20

— Como diabos se faz isso? Alice, que diabo?

Acordo com o som do meu pai brigando com a máquina da Nespresso. A cafeteira chia e solta fumaça, e ele a xinga.

— Aqui só tem água. Da onde sai o café? Meu deus.

— Mort, aqui, me deixa fazer. Você precisa colocar este negócio em algum canto. Para. Mort, me dá isso. *Senta.* Eu faço.

— Meu deus — repete meu pai.

Espio do mezanino e vejo Jamie e Maya cobrindo as cabeças com os travesseiros.

— Pessoal — grito para as crianças. — Vocês podem ir deitar na cama dos seus avós. Tenho certeza de que eles não vão mais dormir.

Os dois levantam e vão cambaleando, cumprimentando os avós no caminho.

— Desculpa, querida! — grita minha mãe. — Seu pai acordou vocês? Ele é muito barulhento.

— Ah, não tem problema nenhum! — respondo. — Eu já ia acordar mesmo.

Willa, que não foi encontrar com a amiga ontem à noite — não sabemos por quê —, está dormindo no colchão inflável no chão do meu lado da cama. Essa é uma visão familiar dos muitos, muitos anos que ela passou em casa dormindo perto de mim. Ela costumava levar seu colchãozinho para nosso quarto à noite, irritada e ofendida por ter acordado e descoberto que estava sozinha. Então Willa trazia todas as suas bonecas e bichinhos de pelúcia, os arrumava sobre o colchão — o *crouton*, como chamávamos — e deitava na cama com a gente.

— Vocês me perderam — dizia ela diretamente no meu rosto, pressionando as mãos e os pés frios, furiosos, na minha barriga sob a blusa para aquecê-los. — E sou a menor. Por que vocês me perderam quando eu estava dormindo?

Dava para ver seus dentinhos perolados brilhando no escuro.

— Que bom que você se encontrou — respondia eu. — Porque aqui está você!

Sempre ficava feliz ao vê-la. É verdade que eu não queria passar a tarde sentada no chão, brincando com trens ou servindo chá imaginário. Mas eu era uma boa mãe à noite.

Frango, adormecido sobre a lombar de Willa, balança o rabo e pisca amorosamente quando sorrio para ele. O fato de o gato não estar no andar de baixo implorando por seu café da manhã só mostra como meus pais são caóticos.

— Que diabo de torradeira é esta? — pergunta meu pai agora. — Para que tantos botões? Intenso? Leve? Assar? Grelhar? Não posso só fazer uma torrada? Precisa de uma engenharia espacial para isso?

— Mort — responde minha mãe. — Mort, senta. Você vai se queimar. Essa torradeira é igual a que temos em casa.

— É? — indaga meu pai, envergonhado. — Ah.

— Ai, meu deus — sussurro, e Nick, encolhido ao meu lado com os olhos fechados, ri.

Ele enfia uma mão embaixo da minha blusa para apalpar um dos meus seios, e o empurro, lhe dou um beijo e deslizo para o pé da cama a fim de levantar sem pisar na nossa filha. Desço devagar a escada em espiral com meus chinelos nuvem, todas as minhas juntas estalando como a bruxa em uma encenação de *João e Maria* com fantoches.

— Bom dia! — exclamo para meus lindos pais, que também são, de algum jeito, esses idosos curvados e de cabelos brancos.

Eles me cumprimentam com alegria, e escovo os dentes com a porta aberta para escutá-los explorando a casa como Cachinhos

Dourados, buscando por uma frigideira para fazer ovos mexidos: grande demais, pequena demais, antiaderente demais, antiaderente de menos.

— Posso fazer um ovo pochê para você, amor — diz minha mãe.

E meu pai responde:

— Ah! Seria ótimo! Obrigado.

Nick desce, ainda bem, e arruma o sofá-cama para meu pai sentar. Esquento leite no micro-ondas e preparo café para meus pais. Também faço duas xícaras para mim e Nick, coloco gelo nelas. Já está calor, e a previsão é que piore.

Como um sino de igreja anunciando a hora do enjoo, a porta do quarto abre, e Maya corre para o banheiro, bate a porta. Tento conversar com minha mãe em um tom de voz alto, mas noto que ela inclina a orelha na direção dos sons abafados de água e vômito. Apesar de a audição dela não ser mais das melhores, esse é o tipo de coisa que ela sempre percebe.

— Ai, nossa — diz ela.

E respondo:

— É, está tudo bem. Maya anda com uns problemas gástricos. Vai ao médico quando voltar para Nova York. Talvez seja uma alergia alimentar. Tenho certeza de que ela está bem.

Maya acena timidamente ao sair do banheiro, volta de fininho para o quarto, fecha a porta.

— Uma menina tão bonita — diz minha mãe.

— Pois é — respondo. — Ela é perfeita.

Nick saiu para comprar um jornal *de verdade*, e nós quatro ficamos passando os cadernos de mão em mão na varanda coberta por sombra enquanto as crianças dormem. Interrompemos a leitura silenciosa uns dos outros constantemente, fazendo comentários a respeito dc das matérias que estamos lendo sobre política, etiquetas de bagagem, covid, pudim.

— Por que a gente elegeria esse cara? — pergunta meu pai sobre um candidato político. — Ele é um arrombado.

— Pai, você não pode mais falar *arrombado* — alerto.

— *Arrombado* — repete meu pai.

— Certo. Você não pode mais falar isso.

— Ah — diz ele. — Achei que você tivesse confundido com *retardado*.

Nos celulares, brincamos com nossos joguinhos de formar palavras. Nick é o primeiro a terminar tudo, e o restante de nós se queixa de sua competência tranquila, aproveitando para reclamar também de sua calma implacável.

— Você já sentiu raiva, Nick? — pergunta meu pai. — Já te conheço há, sei lá, uns trinta anos, e acho que nunca te vi com raiva.

— Já vi ele com raiva — respondo. — Já *fiz* ele ficar com raiva.

— Bem, você é a ferramenta certa para o serviço — diz meu pai, e ele tem razão.

— É verdade que a raiva não costuma ser minha primeira reação — concorda Nick, afável.

Esperamos para ver se ele vai dizer mais alguma coisa, só que ele volta para o celular.

— Ele está jogando com o Luca — explico para meus pais. — Meu ex-namorado.

— Faz séculos que não penso no Luca! — exclama minha mãe. — Como ele está?

— Não sei — digo.

— Ele está bem — responde Nick. — Acabou de comprar uma casa em Connecticut com a esposa.

— Sempre gostei do Luca — diz meu pai, tentando chamar atenção de Nick.

Chamamos esse padrão de comportamento específico de *provocar merda*. É parecido com cutucar a casquinha de um machucado quando você está entediado. Às vezes, a casquinha cai e a ferida sangra, e você deseja ser uma pessoa diferente. E em outras ocasiões, como agora, a casquinha se mantém grudada no lugar.

— Imagino — diz Nick com sinceridade, sem erguer o olhar. — O Luca é incrível.

— Aposto que você está decepcionado — digo para meu pai, e ele solta uma gargalhada.

Os pais de Nick são difíceis de formas muito diferentes dos meus. A mãe dele, por exemplo, não se interessa pela vida de Nick nem pela dos nossos filhos. Quando as crianças eram pequenas, ela enviava cartões de aniversário com as idades erradas: um leão segurando um balão com formato de três quando Willa fez cinco anos; um palhaço anunciando "Você já tem dez anos!" quando Jamie completou treze anos. Agora, envia cartões em épocas aleatórias do ano, sempre com a mesma mensagem: "Receba estes votos de um feliz aniversário".

— Mas de quem? — gostamos de questionar, porque somos babacas.

— Ah, vocês podem ser escrotos sobre a minha mãe — sempre diz Nick. — Ela é péssima.

O que ela é, entre muitas coisas, é viciada em remédios. Uma pessoa com dependência química. O pai de Nick tenta compensar nos mandando dinheiro pelo correio de vez em quando. Duzentos dólares em notas de dez; oitenta e cinco dólares em notas de um e cinco.

— Seu pai tem uma conta bancária — vivo dizendo. — Ele não pode usá-la? Fico nervosa sabendo que ele manda dinheiro pelo correio.

— Não faz diferença — responde Nick, e meio que é verdade. — Se não recebermos o dinheiro, alguém vai receber. Nós temos o suficiente. Sem problemas.

Valeu, Dalai Lama!

Vamos à Flórida uma vez por ano para visitá-los. A casa cheira a xixi de gato e cigarros, e a televisão sempre está ligada.

— Você só está sendo esnobe — me disse Willa uma vez, quando reclamei sobre precisar ir. — Quer dizer, faz sentido. A culpa não é sua. Mas é disso que estamos falando. É um preconceito de classe.

— Mas você também não vai com a gente — comentei.

Tínhamos planejado a viagem para coincidir com as férias de primavera de Willa.

— Você me pegou — disse ela, e riu. — Acho que detesto ir para lá, será? Mas eles são meio homofóbicos, então até que tenho motivos.

Um ano após ela se formar no ensino médio, os dois lhe mandaram uma bolsa e uma meia-calça bege.

— Vai ser muito útil para minha nova vida como mulher executiva! — brincou ela. — Mas admito que a cor *bege* é empolgante. De um jeito conceitual.

— **Ah, não!** — exclama minha mãe. Ela aponta para a porta de tela, contra a qual Frango se aperta tão desesperadamente que quase seria de se esperar que sua cabeça a atravessasse como um ovo peneirado. — Está batendo sol demais aqui, de toda forma — diz ela, juntando a louça do café da manhã. — Vou entrar e pensar se coloco meu maiô. E dar um pouco de atenção para esse gatinho.

As crianças estão acordadas, espalhadas pela casa, silenciosamente comendo cereais coloridos em tigelas. Frango agora corre por todo canto, cutucando as tigelas com a cabeça na esperança de derrubar leite para lamber, um comportamento que Willa chama de "cabeça de bode", brigando com ele.

— Mas por que não posso comer cereal? — pergunta ela na voz dele, e então, como ninguém responde, Willa continua na própria voz:

— Porque você é um gato malcriado.

Corto sete pedaços de papel-alumínio e começo a perguntar sobre os sanduíches.

— Quem quer o quê? Temos peito de peru, presunto, queijo suíço, queijo amarelo, e todos os ingredientes extras. Mostarda, maionese, picles, picles de pimentão. Na verdade, também temos homus. Salada de repolho. Sobrou até um pouco de robalo.

— Tem mortadela? — pergunta meu pai.

— Não tem — respondo.

— Hum — diz ele. — Tem salame?

— Achei que você não comesse salame por causa do alho — respondo.

E ele dá de ombros, diz:

— Eu como às vezes. Comeria hoje.

— Mort — diz minha mãe. — Pare de encher o saco. Tem peito de peru, presunto e queijo.

— Nenhum tempero? — pergunta meu pai.

Eu me lembro de quando era garçonete — quando precisava atender uma mesa grande em que cada pessoa, uma atrás da outra, me pedia para listar os molhos de salada. *Italiano, italiano light, rosê, ranch, gorgonzola, vinagrete com azeite balsâmico, mostarda e mel.* "Espera. Quais são os molhos mesmo? Tem de pimenta?" Conheci Nick nesse emprego.

— Me conta quais são os molhos de salada — sussurrava ele para mim, na cama.

— Isso mesmo, nenhum tempero — digo agora.

Meu pai olha para mim e diz:

— Ah, você está brincando. Tudo bem. Desculpa. Estou velho! Ser surdo não é crime. Quero os temperos normais. Só os de sempre, nada esquisito.

— Tudo bem — digo.

— Não quero almoçar um negócio cheio de figos e sementes — continua meu pai.

E respondo:

— Pai. Já entendi.

— Tudo bem — diz ele. — Só queria deixar claro.

— Obrigada — respondo. — Porque talvez eu fosse mesmo encher seu sanduíche de figos e sementes.

— Não tem paciência nenhuma — observa ele, e é verdade.

— Este elástico de cabelo é de alguém? — pergunta minha mãe, e me viro quando escuto Willa rindo.

— Esse elástico é seu, mãe? — pergunta Willa para mim, e vejo que minha mãe está segurando uma calcinha fio-dental roxa, minúscula e sedosa.

— Ah, mãe — digo. — Acho que é da Maya. Talvez seja uma calcinha.

— Não tem como isto ser uma calcinha! — exclama minha mãe, girando o tecido nas mãos para analisá-lo com atenção. — Talvez seja uma faixa de cabelo. Vou deixar aqui.

Ela a coloca sobre a mesa, e Willa se engasga com o riso e sobe para o mezanino.

Preparo o almoço enquanto todo mundo espera sua vez de usar o banheiro. Depois que o cooler está pronto, visto o maiô e passo protetor solar nos meus braços e pernas brancos. Tenho um especial que uso no rosto, por causa das rugas e da acne. Willa pega o frasco, lê o rótulo.

— Este protetor não é nem mineral — diz ela. — Está cheio das toxinas que você diz para a gente não usar. Você é tão hipócrita!

Suspiro, digo:

— Abro uma exceção para ele. Bem pequenininha. Além do mais, ele deixa minha pele linda.

— Hum, é, ele deixa sua pele linda porque é maquiagem.

— Não é maquiagem! — exclamo. — É só um protetor com cor. Olha só. FPS cinquenta.

— Ahhh, desculpa, mas não. Aqui diz *base*.

— Ai, meu deus! É por isso que minha pele fica ótima. — Tiro o frasco das mãos dela. — É base *mesmo*! Por que me sinto tão humilhada?

— Porque você gosta de pensar que não é o tipo de pessoa que usa maquiagem — responde Willa. — Isso estraga a visão que você tem de si mesma.

— É exatamente por isso — digo, triste.

Já tive várias visões de mim mesma — e muitas delas foram arruinadas. Não compartilho esse pensamento com minha filha.

21

No verão em que Jamie tinha cinco anos e Willa ainda não havia completado dois anos, Nick e eu paramos na farmácia depois de sairmos da ultrassonografia. O médico havia ligado para passar a receita, e fui até o balcão para buscar o remédio. Eu ainda não tinha parado completamente de chorar, e Nick mantinha o braço ao redor da minha cintura.

— A senhora tem alguma dúvida sobre o medicamento? — perguntou o farmacêutico. Ele olhou para a tela do computador à sua frente. — Misoprostol. Ah, a senhora já tomou esse antes.

— Não tomei, não — respondi no automático.

— Tomou, sim. Parece que foi… — Encarou a tela. — Em setembro do ano passado.

Senti Nick ao meu lado, mas não consegui determinar se ele prestava atenção ou não.

— Deve ser um erro do sistema — falei, e assinei meu nome na tela.

— **Que esquisito** — disse Nick no carro. — Seria de se esperar que eles mantivessem um controle melhor dessas coisas.

Concordei com a cabeça, engoli os comprimidos com o restante do café de alguém, e esperei por tudo que eu sabia exatamente que aconteceria.

22

São uma da tarde em ponto, e estamos esperando o bonde para a praia. "Juntar a boiada" é a expressão que surge na minha cabeça. Fazer todo mundo ir para os carros, chegar ao estacionamento e entrar na fila do bonde foi como um experimento sociológico sobre reclamação. Ou talvez seja um experimento religioso sobre judeus.

— Você não pode dizer *judeus* e *experimento* na mesma frase, mãe — diz Willa baixinho.

Não percebi que falei em voz alta.

— Parece que temos uma massa crítica de judeus aqui — digo, olhando para a fila do bonde.

— Uma massa *muito* crítica — comenta Nick baixinho, e rio.

O bonde chega no instante em que meu pai fala que estamos o dia todo esperando. Olho para o relógio. São 13h01.

— Vocês deixam essas coisas todas aqui atrás? — pergunta meu pai, observando Nick e eu guardando nossas cadeiras e bolsas e coolers e guarda-sóis na área de armazenamento aberta na traseira do bonde. — E se alguém roubar?

— Pai, o bonde demora, sei lá, um minuto para chegar. A gente salta e pega as coisas. Ninguém vai roubar.

— Só estou preocupado — diz meu pai. — Tantos sanduíches gostosos. E meu livro.

— Tenho quase certeza de que vendem obras de John Grisham em Cape Cod — afirmo. Seguro a mão dele. — Por favor, só entre no bonde, pai.

No bonde, Willa me interroga sobre as quatro casas de Hogwarts nos livros de Harry Potter.

— Não ajudem ela — avisa Willa para todos. — Pode falar.

O nome de todas se esvai pelos furos de esvaziamento que a menopausa fez na minha memória.

— Dumbledore — digo, e Willa ri.

— Muito bom, mãe. Dumbledore.

— Não, não — falo. — Não é Dumbledore. Meu deus. Li esses livros para vocês, tipo, onze zilhões de vezes. *Dumbledore?*

— Continua não sendo Dumbledore — responde Willa.

—Pufo-pufo? — chuto.

— Aham — diz ela, rindo.

— Sonsarina? Weaslyton? Porra.

— Você acertou todas — afirma ela, chorando de rir. — Bom trabalho.

Na entrada da praia, minha mãe, assustada, aponta para a bandeira roxa que indica tubarões.

— Acho que nem se dão mais ao trabalho de tirá-la a esta altura — diz Maya. — Mudanças climáticas, o aquecimento das águas, essas coisas. Com certeza não é o ideal.

— Eita — fala minha mãe.

— Não fique nervosa com isso, Alice — diz meu pai. — Quando foi a última vez que você nadou no mar?

— Em 1977? — responde minha mãe. — Mesmo assim, eu preferia que as crianças não fossem devoradas.

— Eu também.

No quadro em que avisam sobre as marés e temperaturas, há um panfleto da Clínica da Pernada.

— Aulas de natação — esclareço depois de meu pai imitar um chute.

Além disso, todos os dias colocam uma charada nova no quadro. A de hoje é uma brincadeira sobre dentes e uma baleia, e a resposta da piada é *orcadontista.*

— Nossa — diz meu pai, balançando a cabeça. — Terrível.

Agora, ele me conta sobre um velho amigo, mas estou distraída com o guarda-sol que tento abrir contra o vento quente.

— Ele tem doença de tons — diz ele.

— Doença de tons? — pergunto.

— É. Doença de tons.

— Hum — digo. — Acho que nunca ouvi falar disso. Ele está muito doente?

— Mais ou menos — responde meu pai. — É uma coisa que vem e vai. Ele não pode comer bolinhos de aveia.

— Não parece muito grave — declaro.

Empurro o botão com força demais, e o guarda-sol se abre do avesso.

— Não — diz meu pai. — Merda. Não é doença de tons. Alice, que diabo o Lester tem?

— Doença de *rons* — responde minha mãe, enfática.

— Rons? — pergunto. — Com um *R*?

E ela diz:

— Sim.

— Doença de *Crohn*? — questiono.

E ela diz:

— Sim.

— Doença de *coroa*? — pergunta Willa, e acrescenta: — Que nem você, mamãe, ha, ha, ha!

— Crohn — respondo —, com um *H*. É um negócio de estômago.

— Pobre Lester — diz Willa.

— Ele está bem — responde minha mãe, desinteressada. — Rachel, estou preocupada com suas pernas.

— Eu também, mãe — digo.

E ela ri, explica:

— Não, por causa do sol. Você passou protetor? Aqui, usa o meu.

— Ai, meu deus, você é igual à *minha* mãe! — exclama Willa para ela. — Vocês são tão possessivas com a gente. Tipo, *fabriquei seu corpo inteiro do zero, então o mínimo que você pode fazer é passar um hidratante labial.*

Minha mãe estica o frasco de protetor solar para mim, e eu o aceito para não exercitar a outra opção óbvia, que seria me comportar como uma filha rebelde. O *frisbee* de alguém aterrissa na areia diante dos meus pés, e um adolescente envergonhado vem correndo buscá-lo e vai correndo embora. O vento carrega um pouco da água do mar, borrifando-a em nós. O céu está implacavelmente azul, com o sol branco quente bem no centro. Tiro um pacote de Oreo da bolsa e o entrego para Willa, que está com a mão esticada. Pego outro para mim. Meus pais recusam a oferta. Uma gaivota se aproxima e inclina a cabeça para os biscoitos.

— Se gaivotas fossem gaviões, gostaríamos mais delas? — pergunta Willa.

— Elabore — digo.

— Quer dizer, se elas fossem especiais. Sempre me sinto mal por pássaros não especiais. A gente sempre fica *Olha só! É um falcão lindo e majestoso!* E então falamos *Ah, espera, esquece, é só um urubu feio.*

— Faz sentido — digo.

— Urubus comem animais mortos — comenta minha mãe —, o que é útil.

— Vou molhar meus pés no mar — diz meu pai, se levantando com dificuldade. — Por favor, não tirem fotos de mim e as coloquem no Google. Prefiro não ser usado como uma personagem cômica na vitrine constante da vida de vocês.

— Caramba, pai — respondo. — Pode deixar.

— Eu tiro as fotos — diz Willa para mim, apontando. — Quer dizer, olha só como ele está uma gracinha usando... como é mesmo que ele chama? *Calção.*

— Você não quer nadar? — pergunto.

E ela franze a testa, responde:

— Hoje em dia, sinto muito frio. Que saudade da minha gordura marrom.

Desde que descobrimos que as crianças perdem sua camada isolante especial, Willa reclama que morre de frio.

Vejo Nick, Jamie e Maya chamando meu pai nas ondas, mas ele balança a cabeça, permanece no raso. Ainda bem. Meu velho pai nadar no mar parece excessivo em termos das preocupações que sou capaz de aguentar. Na atual conjuntura, a trilha sonora de *Tubarão* já toca o suficiente na minha cabeça.

— Bebe um pouco d'água, vó — escuto Willa dizer. — Está muito calor hoje.

— Sim, querida — responde minha mãe.

No verão em que Jamie tinha quatro anos e Willa ainda não havia completado um ano, eu estava deitada na praia, dentro de uma tenda que montamos para ela tirar sua soneca. Eu me sentia como um sultão. Como uma prisioneira. Jamie veio correndo da água para nos observar.

— Você vai sair daí? — sussurrou ele.

— Será que devemos deixar a Willa sozinha? — perguntei. — Ela já está grandinha.

Jamie riu.

— Posso entrar? — cochichou ele.

E respondi:

— É claro.

Jamie deslizou para dentro — pernas cheias de areia, torso quente, sunga molhada — e se acomodou entre mim e a bebê. Eu estava tão cansada.

— Cadê o papai? — perguntei, e ele deu de ombros.

Devia estar nadando. A tranquilidade persistente dele me dava nos nervos.

— Eu me sinto encurralada o tempo todo — havia lhe dito naquela manhã. — Sinto que vou tacar fogo em você.

— Acho — dissera ele, sorrindo — que a expressão é "*cuspir* fogo".

— Que seja — eu tinha respondido.

— Aqui é o oceano? — sussurrou Jamie.

— Sim — respondi. — É o oceano Atlântico.

— Então posso fazer xixi aqui?

— Ah. Querido. Não. — Eu tinha entendido errado a pergunta. — Não. O oceano não fica dentro da tenda. Só onde tem água. Você precisa fazer xixi?

— Não — respondeu ele. — Só queria saber para o *caso* de precisar fazer. E cocô não pode, né, mamãe? Nem na parte do oceano com água. Já aprendi isso.

Ele me analisava com seus grandes olhos castanhos. Olhos, nariz, boca. Os traços das crianças acabavam comigo — era como se alguém tivesse sugado amor de mim e o tatuado no rosto de outra pessoa.

— Só vou fechar meus olhos por um instante, querido. Se a Willa acordar, dá uns tapinhas nas costas da sua irmã para ela voltar a dormir — falei.

E Jamie respondeu:

— Tudo bem, mamãe.

Fazia quase 40 °C lá fora, um pulgão zumbia ao nosso redor, e, dentro do meu maiô, meus seios doíam. Estava morrendo de fome. Estava grávida. Estava enjoada e com sede. Estava tomada de amor por aquelas crianças cheias de vida. Carne da minha carne. Dentro e fora — cérebro, coração, útero; boca, pele, seios —, nem uma única parte de mim era minha.

Agora, tiro uma soneca na sombra, com a *New Yorker* grudada no colo, e, quando abro os olhos, Jamie está agachado ao lado da minha cadeira, me encarando.

— O que houve, gatinho? — pergunto.

E ele sorri, diz:

— Vamos dar uma volta, mãe?

Ih. Pego meu chapéu.

Esse é um garoto que gosta de drama e conflitos quase tanto quanto o pai — ou seja, ele detesta essas coisas. Jamie não fica furioso nem me dá uma bronca. A única coisa que diz enquanto seguimos pela praia é:

— Queria que você não tivesse sido a primeira pessoa para quem ela contou.

— Sinto muito — digo. Paro de andar para encará-lo: seus olhos cor de mel e sua mandíbula esbelta, a inacreditável barba de dois dias por fazer. Carne da minha carne. — Entendo por que você está chateado.

— Estou mesmo — diz ele, calmo. — Sinto como se isso não tivesse nada a ver com você, e, mesmo assim, você se meteu no meio.

— Ai — digo.

— Isso foi desnecessário — declara ele. — Desculpa.

— Não — respondo. — Não precisa se desculpar. É a verdade.

Jamie dá de ombros, pesaroso.

— As pessoas gostam de falar com você, não é culpa sua — diz ele.

— Mas tenho dificuldade em ter limites — insisto. — Desculpa.

— Não tem problema — responde ele. — É o outro lado de algo que gosto em você.

— Ainda não desisti da conversa sobre como você está chateado comigo — digo. — Pode continuar. Mas você também quer falar sobre sua namorada estar grávida?

— Acho que não com você — responde ele, gentil. Então suspira. — Quer dizer, a parte irritante é que quero falar com você sobre isso. Mas também quero agir como um adulto.

— Acho que você pode fazer as duas coisas — digo. — Mas minha opinião é tendenciosa.

— A decisão é dela, obviamente — diz ele. — Vou topar qualquer coisa que ela quiser fazer. Acho que ela sabe disso. Estou tentando nem formar uma opinião por enquanto.

— Você é incrível — digo, e o abraço, apesar de ele ser trinta centímetros mais alto do que eu e a pressão dos meus seios de velha contra sua barriga provavelmente ser nojenta. — Vai dar tudo certo para vocês, não importa o que decidirem.

— Poderíamos *não* ter — falei para Nick naquele verão sob a sombra da tenda.

Ele ergueu as sobrancelhas.

— A decisão é sua — disse ele. — Obviamente.

— Mas você quer? — perguntei.

E ele respondeu:

— Bom, quero. Acho que não temos um motivo muito viável para *não* termos.

Eu me sentia como se estivesse sendo mandada de volta para a sala de aula depois de uma visita à enfermaria da escola — *Você parece ótima!* —, apesar de estar segurando meu coração sangrento nas mãos.

Jamie e eu viramos para voltar pela praia e notamos uma multidão aglomerada perto do mar, com todo mundo apontando para a água. Ai, meu deus!

— O vovô está se afogando! — grito.

E Jamie diz:

— O quê? Mãe, espera!

Mas já estou correndo.

23

Meu pai *não* está se afogando — como fica óbvio pelo fato de ele estar parado na beira da água, com o calção seco.

— Pai — digo. Estou ofegante.

— Tem um tubarão! — exclama ele. Está apontando, empolgado. — Eu não vi, mas a mamãe viu. Os salva-vidas gritaram em um megafone para todo mundo sair da água. A amiga da Willa veio.

— Achei que você estivesse se afogando! — digo.

— Por que eu estaria me afogando? — pergunta ele. — Aliás, por que eu não estaria?

— Nossa! — diz Jamie. — Que pena que a gente perdeu o tubarão.

— Eles viram uma barbatana, e acho que sangue. — conta meu pai. — Havia uma foca, pelo que entendi. Não sei direito. Não consigo enxergar nada. Nem ouvir, na verdade.

Um drone sobrevoa nossas cabeças, e todo mundo ao redor continua apontando e falando. Um salva-vidas passa imponente por nós em sua sunga vermelha, apesar de ter, sei lá, uns dez anos. O tubarão parece ter ido embora, mas é sempre inquietante ser lembrada de que o mar está cheio deles.

Acontece que o tubarão era apenas uma distração, porque Jamie toca meu ombro, aponta, e há outro grupinho ao redor das nossas coisas. Vou correndo até lá e encontro minha mãe deitada de barriga para cima na areia. O salva-vidas e algumas outras pessoas conversam, e Willa e Maya estão ajoelhadas ao lado dela. Escuto Willa rir. Os olhos de minha mãe estão abertos, e ela sorri.

— Mãe! — chamo. — Meu deus. Mãe! Você está me ouvindo? Está tudo bem?

— Estou com muita vergonha — responde ela.

Protege os olhos com a palma da mão, pisca devagar.

— O que aconteceu? — pergunto para os outros.

— Ela levantou e meio que... foi tombando — responde Willa. — Vó, como está se sentindo?

— Meio tonta — diz ela.

Digo para os desconhecidos gentis e curiosos que acho que estamos bem — agradeço pela preocupação, aceno para que vão embora.

Agora, meu pai chegou.

— Alice! — exclama ele. — Alice!

Ele se dobra na cintura, leva uma mão ao peito.

— Estou *bem*, Mort — diz ela. — Não precisa ter um ataque cardíaco.

— Mort — chama Nick. Ele puxa uma cadeira para meu pai. — Aqui. É melhor você sentar.

— Me ajudem a levantar — pede minha mãe.

E respondo:

— É melhor ficar deitada por mais um instante. Mãe, você desmaiou?

— Acho que não — responde ela.

Olho para Willa e Maya, que concordam com a cabeça, articulam *sim* com a boca.

Escutamos sirenes se aproximando, e o salva-vidas diz que chamou uma ambulância.

— Ah, que bobagem — diz minha mãe. — Só levantei rápido demais e perdi o equilíbrio. É sério. Foi só isso.

— Vó, você me deixou muito assustada — diz Willa.

Ela afasta o cabelo da avó do seu rosto, um pouco chorosa, e toco as costas dela.

— Desculpa, querida — diz minha mãe. — Foi só uma velha boba caindo na areia.

— Ela vai ser levada para o hospital? — pergunto para o salva-vidas de dez anos, que falava com ar importante em um walkie-talkie.

— Vai — responde ele. — Acho que o procedimento é sempre esse, não? Quando alguém chama a ambulância?

— Tudo para escapar da fila do bonde — diz Willa, e minha mãe sorri.

Não estou tão distraída pelo drama de minha mãe desfalecida a ponto de não notar Jamie e Maya juntos, falando baixinho. Ele mantém uma mão na cintura dela e a observa com um sorriso enquanto ela diz alguma coisa. Os dois estão perdidinhos.

— Como você está se sentindo, mãe? — pergunto.

E ela responde:

— Bem, bem. Só meio tonta. Acho que estou com calor. — Na verdade, sua pele está estranhamente gelada. Grudenta. — Talvez seja melhor eu beber alguma coisa.

— Eu te disse para beber água! — exclama Willa, porque sua herança genética inclui dar broncas nas pessoas que ama.

— Eu sei, querida — diz minha mãe. — Devia ter te escutado.

24

No outono em que Jamie tinha quatro anos e Willa ainda não havia completado um ano, voltamos de Cape Cod para casa. Formas escuras ainda saíam de mim na privada como criaturas marinhas venenosas, deixando os tentáculos brilhantes e sangrentos para trás.

— Não entrem aqui! — gritei para as crianças.

Ouvi Nick tentando afastá-las da porta com uvas passas e brinquedos. Como meu corpo tinha feito tanto, tão rápido? Ajoelhei no chão do banheiro, estiquei uma mão em direção ao líquido e segurei um coágulo na minha palma. Não era um bebê, é claro, mas a dor dos braços vazios me pegou completamente desprevenida.

25

Minha mãe realmente devia ter escutado Willa. No hospital, ainda esperando o resultado do exame de sangue, é diagnosticada com desidratação. Os médicos também indicam que ela está com uma leve insolação e notam um inchaço no tornozelo. Perguntam se minha mãe se lembra de ter sido picada, se é alérgica a abelhas ou vespas. Ela não se lembra; não é alérgica.

Vim na ambulância com ela, que passou o caminho todo insistindo que estava bem antes de se apresentar para mim e então vomitar discretamente em um saco de vômito que mais parecia uma bolsa térmica. O paramédico a colocou no soro, mas não parecia muito preocupado.

— Ela está bem — garantiu ele. — Os sinais vitais estão bons. Com essa idade, me surpreende o fato de ela não estar desorientada.

Os olhos da minha mãe se abriram e se estreitaram com um ar ofendido, o que me deixou mais tranquila.

Agora, estamos na emergência em um espaço fechado por cortinas, minha mãe dormindo e roncando baixinho na maca, eu sentada em um banco com rodinhas que empurrei até aqui. Ela continua no soro, e acrescentaram um medicamento para enjoo à mistura, ainda bem. Só porque sua mãe está tendo uma crise séria de saúde não significa que você seja capaz de lidar com ela vomitando por todo canto.

A adrenalina começou a baixar. Apoio a testa nas barras de metal da maca. Minha mãe vai ficar bem (tomara). Mas quer saber? Ela vai morrer. Não agora (tomara). Mas em algum momento. Quer dizer, é *óbvio*, como as crianças diriam. Contudo, sou impactada por esse fato. Fico chocada. Willa sempre diz que não pode abrir mão de ninguém, e estou pensando: *Nem eu, minha menina*. O que exatamente estamos fazendo aqui? Por que amamos alguém com tanta imprudência para então ficarmos de coração partido? E ele nem se parte de verdade. Só se torna mais cheio, por incrível que pareça, de amor.

Minha mãe sempre me buscava da escola com uma echarpe de seda amarrada embaixo do queixo, e tenho certeza de que eu ficava radiante de orgulho. *Minha mãe linda!* Quando eu sentava na beira da banheira para observá-la se arrumando para sair com meu pai, minhas pupilas deviam ficar dilatadas de paixão. Ela sempre passava perfume nos pulsos, então tocava um deles delicadamente na parte de baixo do meu queixo. Eu queria ter o cheiro dela. Queria ser ela. Queria me esgueirar de volta para dentro dela. Alguma coisa. Tudo. Em vez disso, a babá preparava uma pizza congelada e brincávamos de jogos de tabuleiro até a hora de dormir.

Quando sinto inveja dos meus pais, penso: era mais fácil naquela época. Meu pai trabalhava; minha mãe ficava em casa. Havia uma clareza absoluta. Hoje, existe apenas uma igualdade fingida, que não é muito romântica. Nem muito igualitária. Nick e eu passamos a infância das crianças nos desdobrando, fazendo as coisas de qualquer jeito no trabalho e fazendo as coisas de qualquer jeito em casa. Como eu trabalhava escrevendo em casa, ficava com as crianças. Apesar de a maior parte da nossa renda vir de mim, eu ainda tinha que receber o cara da televisão a cabo, buscar Jamie e Willa com febre na escola, enviar presentes de fim de ano por correio para a Flórida, receber o cara da árvore. Era uma loucura, e vivia furiosa com isso. Recentemente, enquanto assistíamos mais uma vez a *O iluminado*, Nick disse:

— Ah! Sempre achei que essa fosse uma obra de terror sobrenatural. Mas é só um filme sobre como é assustador viver com um escritor.

Sempre invejei a delicadeza da minha mãe. Ela nunca pareceu uma pessoa capaz de quebrar uma porta com um machado só para não precisar preparar o jantar de novo.

— Não aguento mais, mãe — digo baixinho, e ela estica sua mãozinha sonolenta de idosa para tocar minha cabeça.

Escuto que todo mundo chegou, e vou para a sala de espera para falar com eles. Meu pai vem correndo até mim, apesar de eu ter mandado mensagens sobre tudo que estava acontecendo.

— Ela está bem — digo para ele. — Está mesmo.

— Que bom — responde meu pai. — A sua mãe é o amor da minha vida.

Passo os braços ao redor dele.

— Sei disso — falo contra seu macio cabelo branco. — Eu sei.

— Avisei que a praia estava quente demais — diz ele. — Ou pelo menos pensei que estivesse, e eu tinha razão.

Eu me afasto dele e digo:

— Pai. Não vamos começar a culpar os outros agora. É melhor a gente se focar no alívio e na gratidão.

— Sim — diz ele, e balança a cabeça. — Sim. Desculpa. Ninguém teve culpa. Só estou preocupado.

— É claro — digo, e encontro o olhar de Nick.

Ele sorri, pisca para mim.

— A Maya e o Jamie voltaram para o chalé — avisa Willa. — Prometemos que vamos dar notícias para eles.

— Ótimo — falo. — Pai, podemos entrar um de cada vez. Quer que eu te leve lá?

— Por favor — responde ele. — Obrigado.

Nick se oferece para buscar café para todos, uma ideia heroica.

Deixo meu pai com a enfermeira da triagem e volto para a sala de espera. Há apenas um punhado de pessoas aqui, mas o grupo tem uma vibe digna de uma série de hospital: um cara está com os cotovelos apoiados nas coxas, segurando a cabeça enfaixada de um jeito improvisado; uma mulher mais velha tosse dentro de um lenço enquanto uma jovem ao seu lado encara o celular. Pergunto a Willa se ela quer ir comigo lá para fora.

— Preciso de um pouco de ar fresco — digo baixinho. — E também prefiro não pegar pleurisia, ebola ou qualquer coisa assim.

No caminho, paramos para comprar um lanche na máquina de venda automática — um pacote de biscoitos de queijo, uma Coca, uma barra de Snickers —, e então encontramos um banco na sombra. Dividimos os biscoitos e o chocolate, passamos o refrigerante de uma para a outra. Tento permanecer alerta, porque a saúde e a segurança de todo mundo dependem disso, e também porque, se eu relaxar agora, vou dormir pelo resto da vida e acordar morta. Só estou feliz por estar sentada aqui em silêncio, com essa pessoa perfeita, sem ter que lidar com uma crise iminente. Mas uma mensagem apita, e Willa diz:

— Acho melhor você ver o que é.

— É o papai — respondo, e lhe mostro a foto que ele mandou de uma placa na cafeteria: "Temos 'gelado'".

"Você quer 'gelado'?", escreve ele, e marco a mensagem com um joinha, devolvo o telefone para a bolsa. Embaixo do vestido, ainda estou de maiô — como o tipo de pessoa que não teria candidíase só de pensar em ficar o dia inteiro de maiô.

— Então, a Maya está grávida — diz Willa.

— Ah! — exclamo, apreensiva. Sei que não devo cometer o erro de contar nada. — Essa é uma teoria sua, ou você sabe disso?

— Eu sei — responde ela, inclinando a cabeça para trás e jogando o restante das migalhas de biscoito na boca. — Estava sentada na varanda e ouvi a conversa dela e do Jamie no chuveiro externo. Até pensei em tossir ou algo assim para mostrar que eu estava ouvindo. Mas a curiosidade ganhou, e fiquei quieta. Sou péssima.

— Ah, claro que não, querida — respondo. — Eu faria a mesma coisa.

— Tudo bem, mas você também é péssima, então isso não serve de consolo. Enfim, eita, né?

— É — respondo. — Eu já sabia, para falar a verdade.

— É — diz ela. — Eu sabia que você sabia, porque era disso que eles estavam falando no chuveiro. Que ela já tinha te contado.

Eu me retraio.

— O Jamie foi muito tranquilo, para falar a verdade — comenta Willa. — Fiquei muito orgulhosa. Ele falou todas as coisas certas. Pelo menos foi o que me pareceu. Quer dizer, não entendo nada disso. Héteros são tão esquisitos. Vocês ficam de nheco-nheco, e aí, opa, *fizemos um feto*? Não é uma burrice? Vocês é que são estranhos.

— É verdade — respondo, rindo.

Passo o chocolate derretido para ela, que enfia o restante na boca e continua falando ao mastigar o caramelo e os amendoins, enquanto lambo os dedos.

— Sexo hétero é tão desajeitado — diz ela, balançando a cabeça com ar pesaroso. — Tão *hidráulico*. Você acha que eles vão ter o bebê?

— Sinceramente, não sei — respondo. — Você sentiu algum clima?

— Não — afirma ela. — A Maya parecia muito... sei lá. Racional, talvez? Não consegui ouvir tudo, apesar de ter chegado mais perto para tentar escutar melhor, feito uma fofoqueira! Mas ela só parecia muito calma.

— Admiro isso nela — digo.

E Willa fala:

— Eu também.

É claro que admiramos! Nós, que só pensamos em catástrofes e nos enchemos de remédios controlados. Ficamos sentadas em silêncio por um instante, escutando os chapins nas árvores. Há gaivotas também, o ar salgado. Não conseguimos ver o mar, mas sinto sua presença imensa.

— Você chegou a engravidar quando tinha a idade dela? — pergunta Willa.

— Não — respondo, falando a verdade. — Apesar de isso ser incrível, levando em consideração meus métodos anticoncepcionais. Ou talvez a *falta* de métodos anticoncepcionais seja uma descrição melhor.

— Eca — diz Willa. — Fui eu que perguntei, eu sei. Mas eca. Não por *você*. Mas por te imaginar com caras babacas que eram idiotas demais para usar camisinha e tal.

— Pois é — respondo. — Esse é um dos muitos motivos para eu ficar feliz por você ser lésbica.

Imagino Willa e uma futura companheira decidindo, da forma mais propositalmente amorosa e intencional possível, ter um bebê.

— Hum, preciso discordar dessa, porque ouvi você bêbada falando para alguém no Dia de Ação de Graças que era uma *pena* eu ser lésbica, porque nunca engravidaria sem querer e te daria um neto inesperado.

— Ops! — digo. — Desculpa!

— E sabe de uma coisa, mãe? Sem querer ser a chata desconstruída e tal, mas isso poderia acontecer com uma garota trans, tipo, que produz esperma, então talvez seja melhor você parar de fazer essa piada.

— Entendi — respondo. — E obrigada.

Engulo minha vergonha.

— É engraçado que *conceber* e *conceber* sejam a mesma palavra — reflete Willa. — Às vezes, conceber uma criança é o exato oposto de ter uma ideia.

— Verdade — concordo.

Imagino uma coletânea frenética de imagens de heterossexuais nus se esfregando na cama, no chão, com a cabeça girando sobre o pescoço mole e talvez uma garrafa meio vazia de uísque no primeiro plano. Na versão cinematográfica, as cenas poderiam ser alternadas com as de outros animais acasalando — coelhos, rinocerontes, Tom Brady, mariscos —, todos carcando uns aos outros com uma música de circo e o ruído de molas de cama soando ao fundo. Não compartilho essa visão com Willa.

— Vocês engravidaram de mim de propósito? — pergunta ela.

— Sim — respondo, falando quase a verdade.

A verdade completa é que pretendíamos acampar, mas estava chovendo muito, então enrolamos para sair. Entediados, ficamos zanzando pela casa até uma coisa levar à outra: Nick se esticou para secar as mãos no pano de prato atrás de mim; eu sentada na bancada da cozinha sendo inadvertidamente inseminada. Nada como *gerar outra pessoa* só para matar o tempo! Willa foi concebida ao som de um castelinho de brinquedo que funcionava a pilhas, com o qual Jamie brincava na sala.

— E depois você perdeu um bebê quando eu era pequena, né? — Faz pouco tempo que descobri que as crianças só sabem disso porque me ouviram tocar no assunto com alguém em uma festa de solstício, bêbada. — Foi a única vez que você perdeu um bebê?

Ah! *Sim* seria a resposta resumida.

— Essa é uma pergunta complicada — respondo em vez disso.

— Complicada como?

— Complicada porque eu estava muito triste e meio confusa. — Flexiono minhas panturrilhas no ar para bater a sola dos chinelos contra os calcanhares. — E talvez seja uma história mais longa do que você queira ouvir.

Willa faz contato visual firme comigo, sem hesitar, e sorrio.

— Duvido muito — diz ela.

Aqueles olhos castanhos enormes! Confiaria minha vida a essa garota.

Mas lá vem o pai dela com uma bandeja de papelão cheia de café gelado, cremoso, procurando por nós.

— Acho que precisam que você volte lá para dentro — diz ele, apenas.

Por que o que mais ele poderia dizer?

26

No outono em que Jamie tinha quatro anos e Willa ainda não havia completado um ano, retornei ao médico para uma consulta.

— Quando minha menstruação vai voltar? — perguntei.

E ele respondeu:

— Depende de quando seu corpo vai resolver parar de te castigar.

27

Os primeiros resultados do exame de sangue ficaram prontos, e a médica da emergência quer conversar com a gente. O exame da doença de Lyme só sairá daqui a uma ou duas semanas, mas todo o restante está bom, com exceção do colesterol total da minha mãe, que está alto, e algo chamado PCR, que pode ser um indicador de doença cardíaca — e parece ser uma sigla assustadora.

Pelo visto, Willa também parece achar o mesmo, porque pergunta:

— Como é?

— PCR. Significa proteína C-reativa — responde a médica. Se ela for mais velha que Willa, não é muito, mas se comunica com uma mistura incrível de paciência e competência. — É um marcador de inflamação não específico — explica. — Mas o usamos como potencial indicador de doença cardíaca.

Minha mãe está sentada agora, tomando uma caixinha de suco, meu pai na cadeira ao lado dela, e os dois concordam com a cabeça diante dessa informação.

— Sim, sim — diz minha mãe. — Isso não é novidade.

— Não é? — pergunto.

E ela responde:

— Não é, não.

— Espera. O quê?

— A mamãe está com um probleminha de coração — diz meu pai, como se estivéssemos falando de passar *cream cheese na merda de um pão*!

— Um probleminha de coração? — repito.

Escuto como minha voz sai estridente. É bem provável que eu fique irritada pra caralho.

A médica olha para uma prancheta, diz:

— Acho que os senhores não contaram isso para os paramédicos.

— Ela está bem — responde meu pai.

Meu pai, que quase teve seu próprio ataque cardíaco há duas horas, e agora está tão calmo quanto um monge destruindo uma mandala de areia.

— Nem é algo digno de ser mencionado — diz minha mãe.

A médica ri, mas não de um jeito grosseiro.

— Daqui para a frente, isso sempre será digno de ser mencionado, ok?

— É só uma válvula ruim — explica minha mãe, e meu pai concorda com a cabeça.

— Ah, só isso? — questiono, indignada.

Nick passa um braço ao redor da minha cintura. Um aviso carinhoso.

— Ela já agendou a cirurgia para substitui-la — diz meu pai, como se isso fosse me consolar.

— Ninguém planejava me contar isso? — pergunto.

— Claro que íamos contar, querida — responde minha mãe. — Na hora certa. Está tudo bem. A cirurgia é considerada opcional, se isso te deixa mais tranquila.

Na verdade, até que deixa.

— Não — digo. — Isso não me deixa *nada* tranquila. Vocês podem parar, por favor, de esconder coisas importantes de mim?

— Jamais faríamos uma coisa dessas — diz minha mãe, o que é tão enlouquecedor que quero gritar! Ai, meu deus, *estou* gritando! Não, não. Não estou. É outra pessoa, em outro quarto, que exclama algo sobre injeções e *deixem essas porras longe de mim, seus merdas*. Ela deve ter minha idade. Talvez eu esteja participando de uma pegadinha sobre a menopausa. Daqui a pouco, minha vagina vai cair no chão, e ouviremos o som de risadas gravadas.

— Desculpem o barulho — diz a médica, inclinando a cabeça para o escândalo cheio de palavrões. — Acho que, por enquanto, precisamos lidar com o calor e a desidratação. Descanse pelo restante do dia. Continue bebendo água, talvez até um pouco de Gatorade. — Minha mãe franze o nariz. — Vamos entrar em contato com seu médico de família caso algum outro exame nos preocupe.

— É melhor fazer, tipo, um exame de coração? — pergunto.

— Como um teste ergométrico ou um ecocardiograma? — diz a médica, e concordo com a cabeça. As palavras "excesso de cuidado" surgem na minha mente, provavelmente porque George Clooney as disse em um episódio de *Plantão médico* em 1994. — Acho que não. Na verdade, nada sugeriu uma doença grave.

— Tudo bem. — O que de repente se torna grave é minha percepção da percepção de Willa, e meu desejo de protegê-la de preocupações, então digo: — Então tá.

A médica nos deseja um bom dia, deseja boa sorte para minha mãe com a substituição da válvula (Hein?), diz que podemos ir embora com calma e sai fechando a cortina.

— Nossa — digo. — Estou tão aliviada e irritada!

Minha mãe agora está sentada na beira da cama, pegando as roupas.

— Mort, me ajuda a descer — pede ela, determinada. — Vou me vestir. Encontro vocês lá fora.

— Esta semana está sendo muito *reveladora* — diz Willa para mim no estacionamento.

E respondo:

— Está mesmo!

28

No verão em que Jamie tinha seis anos e Willa ainda não havia completado três anos, Nick me disse:

— Podemos tentar de novo.

Estávamos na cama do mezanino, as crianças dormindo em um emaranhado quentinho e bronzeado entre nós. Eram tão pequenas! Seus cabelos eram tão cheirosos! Eu sentia tanto amor que chegava a doer. Estávamos quase no fim de nossa semana em Cape Cod, e me sentia como uma ferida aberta. Se eu pudesse enfiar as crianças nela, teria feito isso. Dentro de *mim*. Para preencher o vazio. Para mantê-las seguras.

Para mantê-las.

Eu estava chorando.

— Não aguento mais continuar assim — falei.

Fazia um ano desde que tínhamos perdido o bebê, e eu estava presa em uma montanha-russa reprodutiva. Não havia uma descrição melhor: o carrinho instável da esperança ia subindo, barulhento, rumo à ovulação, então seguia em frente para a época de testes, e em seguida — *Não está grávida!* — se inclinava para a frente e saía em disparada pela descida enjoativa do desespero terrível, apenas para começar uma nova subida logo depois. Eu só queria mesmo dois filhos, certo? Nem eu sabia mais. Os hormônios eram como um hipnotizador em um circo: *Você quer mais filhos!*. Filhos!

Mantenha os olhos no pêndulo! Todos nós entorpecidos feito zumbis. *Mais filhos! Queremos mais filhos!*

Mas também tínhamos amigas que passaram por rodadas infinitas, exaustivas, de FIV — algumas gerando bebês; outras, não. O começo da gravidez da minha prima tinha sido interrompido por um diagnóstico de câncer e uma histerectomia. Essas eram mulheres que só queriam um único bebê — que gastavam todo o seu dinheiro e tudo que lhes restava de saúde e sanidade para parir ou adotar um —, e nós já tínhamos dois. Tínhamos tanta sorte, sob todas as perspectivas! Eu sabia disso. Mas a perda gestacional era o gancho em que eu pendurava toda minha infelicidade, e também era a infelicidade em si. Eu era um bolo humano recheado de luto e culpa, com uma grossa cobertura de vergonha.

As pessoas morriam para ter bebês. E outras morriam para não ter.

Naquela altura, eu já tinha feito tantos testes de gravidez, metade direto no banheiro da loja de departamentos, as crianças apertadas comigo na cabine, usando casaco de inverno, enquanto o pequeno visor em branco do teste permanecia em branco. Espera, ele estava ficando cor-de-rosa? Vermelho? Havia uma segunda linha fraca? Muitas vezes a semiótica era confusa e sempre era torturante, e eu alucinava resultados positivos, sonhava com eles. O branco às vezes parecia azul. A moldura ao redor do visor lançava sua própria sombra minúscula e confusa, que poderia parecer uma segunda linha para o olhar esperançoso. Uma fila de clientes natalinos se formava na porta do banheiro, todos desanimados dentro de seus casacos enquanto eu monopolizava a cabine para ficar encarando um palito de plástico. A fim de enganar o teste, eu passava um minuto inteiro olhando na direção contrária antes de me virar para ele de repente. *Arrá!* Não. Nada.

— Mamãe! Mamãe! Estamos com calor. A Willa está com fome.

— Eu sei, pequeno. Só um minuto.

Eu queria outro bebê de um jeito que destruía meu foco nos que já tinha. Meu coração ganancioso, irracional, estava caído no chão de azulejos, segurando a cabeça com as duas mãos.

— **Não consigo** — falei para Nick. — Chega.

E paramos de tentar. Mas o luto era como um medalhão de prata com duas faces. Eu não sabia como eram essas faces, mas ele pesava ao redor do meu pescoço, e eu nunca o tirava.

29

Quando voltamos ao chalé, já era fim da tarde — e ninguém estava muito feliz. Mantivemos Jamie atualizado por mensagens, e ele sorri do sofá-cama quando entramos, leva um dedo aos lábios. Maya está dormindo ao seu lado, e Frango está aninhado na curva do quadril dela como uma rosquinha gigante. Minha mãe também quer deitar um pouquinho.

— Aposto que sim — digo, como se estivesse a acusando de alguma coisa, e meio que estou.

Meu pai a acompanha até o quarto. Levo um copo enorme de água para ela e insisto para que beba tudo enquanto observo.

— Não somos crianças, Rachel — diz meu pai com frieza, e concordo com a cabeça.

— Eu sei disso — afirmo. — Como você está se sentindo? — pergunto para minha mãe, porque me compadeço.

— Só um pouco cansada — responde ela. — Mas estou bem, de verdade.

— Então tá — digo. — Mãe — começo. Meus olhos se enchem de lágrimas. — Eu te amo tanto.

— Não seja boba — diz ela. — Eu sei. Está tudo bem.

— Mãe — insisto.

— Você não vai abrir mão de mim — diz ela. — Eu sei. Você não precisa fazer isso. Não por enquanto, de toda forma. Vão me dar a válvula de um porco! É bem legal.

— Isso me deixou um pouco confuso por causa daquele podcast sobre lulas — comenta meu pai. — Aquele em que todo mundo come tripa de porco frita e ninguém percebe que não é lula.

— Você achou que a válvula nova da mamãe fosse ser feita de lula? — pergunto.

E ele responde:

— Não. Do reto do porco.

— Ah, Mort, não seja nojento.

— Foi ela que disse — mente ele, apontando para mim.

— A vovó vai receber uma nova válvula cardíaca feita do cu de um porco — escuto Willa contar para Jamie na sala.

E ele responde:

— Que maneiro!

Maya deve ter acordado, porque escuto sua risada. O clima está melhorando!

— Vamos beber alguma coisa na varanda — convida meu pai, como se lesse meus pensamentos. — Sua mãe nunca vai descansar se ficarmos enchendo o saco dela.

Olho para minha mãe.

— Você deveria dizer que não estamos enchendo o saco — digo.

E ela ri, cansada, responde:

— Sim, sim. Me deixem em paz por um instante. Podem ir.

Na varanda, meu pai serve uma taça de vinho para ele e outra para Nick.

— Também quero — digo.

E ele responde:

— Você não está bebendo *isso*?

E aponta para os cinco centímetros de rum que servi em um pote de geleia.

Aceno uma mão sobre a bebida.

— Já estou acabando. Pode servir o vinho para mim. Por favor.

As crianças se juntam a nós, trazendo água tônica e cerveja e batatas fritas e molho.

— Ufa — diz meu pai, se recostando na cadeira. — O que é mesmo que o alívio libera? No cérebro? Nicotina?

— O neurotransmissor? — Willa ri. — Não acho que seja nicotina.

— Provavelmente é endorfina — responde Maya.

— Seja lá o que for, ufa! Sou louco pela sua mãe — diz ele para mim.

E sorrio, digo:

— Eu sei que é, pai.

— Pela *vovó* — acrescenta ele, para o caso de as crianças não terem entendido sobre quem ele estava falando.

— Não tem ninguém melhor do que a vovó — diz Jamie, e então acrescenta: — Sem querer ofender, vô.

Meu pai ri.

— Não me ofendi.

Nick passa um braço ao redor da minha cintura, e me dou conta de que mal notei sua presença hoje. Ele simplesmente está aqui, aqui, aqui — nos levando aonde precisamos ir, se certificando de que todo mundo está confortável, limpando as coisas, sendo despretensiosamente lindo.

— Obrigada — digo perto de sua orelha, e ele me aperta.

Meu pai ergue o corpo.

— Um brinde a sobreviver — diz ele, e meus olhos se enchem de lágrimas.

— A sobreviver! — exclamamos, batendo nossos copos e latas.

— **Se vocês tivessem que ir** andando até o centro da cidade — diz Jamie um segundo depois — completamente nus ou com um macacão especial que cobriria seu corpo inteiro, exceto por um painel transparente na frente da virilha, o que escolheriam?

Este dia contém magnitudes. Talvez todos contenham.

30

No verão em que Jamie tinha quatro anos e Willa ainda não havia completado um ano, achei que eu não fosse aguentar tentar manter outro ser humano vivo. Dizem que ter um filho é como concordar em deixar seu coração viver fora do corpo. Mas a realidade é que o coração foge do seu corpo e segue diretamente para as garras de um leão. Não é algo com que você seria capaz de concordar ou não. Eu amava Jamie e Willa de forma tão excessiva. Estava tão cansada. Eu varava a noite sem conseguir dormir, e o medo era a trilha sonora da minha insônia. Quando escutava histórias sobre mulheres que jogavam o carro com os filhos de penhascos ou na contramão do trânsito, eu pensava, destruída: *É, dá para entender.*

Não faria isso, mas entendo por que alguém tomaria essa decisão. *Acho* que eu não faria. Para falar a verdade, não tenho tanta certeza assim.

31

Agora estamos na varanda, nos demorando após o fim do jantar. Nick comprou sopa de frutos do mar, pão de fermentação natural e uma salada ceasar no restaurante bom, e tudo está delicioso. Além disso, o ar finalmente está ficando fresco.

— Lacrou — diz Nick, gesticulando para o sol, que queima baixo atrás das nuvens em faixas brilhantes cor-de-rosa e cinza.

— Pai, não é isso que *lacrou* significa — explica Willa, e ele dá de ombros, mas ninguém tem forças para insistir no assunto.

Minha mãe está um pouco grogue, brincando com sua porção minúscula de comida, mas quando a analiso para avaliar seu potencial de morte iminente, acho que as probabilidades são bem baixas.

— Acho que você não vai morrer, tipo, *hoje à noite* — digo em voz alta.

Ops! Estou bêbada? Provavelmente!

— Ai, meu deus, mãe! — exclama Willa, mas minha mãe ri.

— Concordo — diz ela. — Estou me sentindo bem. De verdade. Desculpem por ter dado um susto em todo mundo.

— Sua mãe é uma pessoa forte — declara meu pai.

— Você também é, Mort — diz Maya, e ele franze a testa, inclina a cabeça de um lado para o outro, como *talvez, talvez.*

Há tantas outras coisas que quero perguntar para ele. Sobre como era o luto na casa de sua infância. Sobre ser judeu. Sobre sua alegria de viver ranzinza. Mas ainda há tempo. Quer dizer, espero que ainda haja tempo. Afinal, socorro! Que semana foi esta? E, quando ela terminar, seguiremos nossos caminhos diferentes.

Não ter mais as crianças morando com a gente é ruim por vários motivos, porém talvez este seja o pior: voltar para casa sem eles depois das férias. Vamos deixá-los na estação de trem em Providence, e parecerá que estamos soltando passarinhos de gaiolas — a maneira como eles voarão livres rumo à estação, com mochilas coloridas. E então Nick e eu seguiremos para casa com Frango. Pegaremos a correspondência, esvaziaremos o cooler, abriremos as janelas, daremos comida para o gato, penduraremos as roupas de banho e as toalhas no varal. Deixaremos todo o restante no carro e deitaremos em nossa grande cama vazia para eu chorar nos braços de Nick.

— Você sente falta das crianças — dirá ele, fazendo cara de pena.

E responderei:

— Sinto tanta falta delas.

— Você adorava quando elas moravam aqui.

— Adorava.

Adorava tanto.

Até onde sei, meus pais poderão estar em seu apartamento em Nova York tendo uma conversa parecida sobre mim. Não seria difícil de imaginar.

— Alguém quer dar um pulo na lagoa? — pergunta Willa.

Ainda está quente, e uma faixa estreita de sol permanece no fim do céu noturno. Minha mãe ri, responde:

— Não, obrigada, querida.

Nick, Jamie e meu pai querem assistir ao final do jogo dos Mets. Maya está cansada. Também estou, mas não consigo resistir à oportunidade da nadar à noite com minha filha.

Pegamos toalhas, boias do tipo macarrão, e, depois que quase os esquecermos, maiôs — mas não nos damos ao trabalho de vesti-los, e torcemos para que fazer isso seja desnecessário.

Como o esperado, não há ninguém além de nós na lagoa. Tiramos as roupas e as deixamos no banco, então andamos na ponta dos pés pela areia que ainda esfria. O céu está escuro agora, e a água parece preta. Mergulho rápido, porque tenho vergonha demais para ficar parada ali com meu corpo velho de balão murcho, mas Willa e sua beleza jovem vão com calma.

— Promete que uma cobra não vai entrar na minha vagina? — pergunta Willa.

E respondo:

— Uma cobra não vai entrar na sua vagina.

Ela afunda, geme de prazer, e nada até mim com a boia. O silêncio parece imperar por um instante, mas os grilos e sapos fazem uma barulheira surpreendente, que aumenta quanto mais prestamos atenção. A lua sobe entre as árvores. A água está fresca e gostosa. Há um cheiro específico no ar, como de moedas e girinos.

— Isto é incrível — diz Willa.

— Incrível.

— A vovó está bem, não está? — pergunta Willa.

— Sim — respondo. — Ela parece bem.

— A Maya também, eu acho.

— Sim, ela parece bem.

Essa menina! Fazendo a auditoria de saúde e segurança comigo. Sinto muito por ela ser assim, mas nunca me senti tão menos sozinha quanto agora.

— O que meu pai disse?

— Sobre o quê?

— Sobre a Maya estar grávida?

Ai, merda.

— Ai, merda — digo. — Para falar a verdade, não tive tempo para conversar com ele hoje! Nem sei se ele já sabe.

— Mãe, isso é horrível! — briga Willa.

E falo:

— Eu sei! É mesmo.

— Coitado do meu pai! Manda o Jamie contar para ele.

— Vou fazer isso, querida. Prometo.

— Não promete uma coisa dessas! Que loucura. E se ele não contar? Você vai ter quebrado sua promessa!

— Tudo bem, querida. Eu *não* prometo.

— Melhor assim.

Willa nada um pouco, volta e pergunta:

— Você quer conversar mais? Sobre o que começamos a falar mais cedo? Sobre suas gestações e tal?

— Você quer mesmo saber? — retruco. — Não quero que se sinta na obrigação. Sabe, de se interessar.

— Não me sinto na obrigação, mãe. — Ela joga a cabeça para trás e flutua com a boia sob os joelhos. — Só estou curiosa. Mas não tem pressão, é claro.

— Não, não, quero te contar — digo. Nós duas encaramos o céu agora. As estrelas furam a escuridão vazia com pontos de luz. — Eu quero.

32

No verão em que Jamie tinha cinco anos e Willa ainda não havia completado dois anos, tomei os comprimidos no carro. Nick afastou o olhar, como se eu precisasse de privacidade para remover nosso bebê morto de mim. Eu sabia exatamente o que esperar — o exorcismo ginecológico sangrento. A tristeza e a vergonha. *Conte para ele*, pensei. *Conte para ele agora.* Mas não contei.

33

Agora, estamos de barriga para baixo, Willa e eu, e as boias entrelaçadas sob nossos braços. A lua ilumina as ondas que criamos, a luz se espalhando de nós em círculos concêntricos. Um padrão complicado se forma no ponto em que se encontram. Aponto para ele.

— Você deve saber a fórmula matemática para isso.

— A da difração da luz ou a das ondas capilares em si? Na verdade, sei as duas.

— Que inteligente — respondo, feliz.

E ela afirma:

— Sou tão exibida! Mas é só porque gosto de dinâmica dos fluidos.

— Sou a pessoa perfeita para você se mostrar — digo.

E ela diz:

— É verdade. No mar, existe outro tipo de onda estranha. Não me lembro como funciona, só que se chama *refletividade do mar*.

— Adorei — digo. — *Refletividade do mar.*

Quero tatuar REFLETIVIDADE DO MAR. Quero começar uma banda com esse nome.

— Então me conta — diz ela. — Você teve o Jamie. Depois teve a mim. E aí? Você queria ter outro bebê?

— Na verdade, não — respondo. — Não. Quer dizer, não no começo. Só queria mesmo você e o Jamie.

— Mas?

— Mas engravidei.

— Sem querer?

Essa é uma boa pergunta. Quer dizer, por um lado, tecnicamente, sim. Mas por outro? Nunca não quis engravidar. Mesmo quando tinha quinze anos. Mesmo, por incrível que pareça, agora. Não consigo explicar — a maneira como me sentia vendo aquela faixa de tinta se espalhar em um teste de gravidez, se transformando em um símbolo de esperança, tristeza, loucura. Querer e não querer. "Que droga", aprendi a dizer, olhando para o termômetro quando um dos meus filhos não estava com febre. Porque, tecnicamente, você *não* quer uma febre, certo? Mas, e quando chega ao ponto de tirar a temperatura de alguém? Meio que você quer encontrar uma febre.

— Foi meio que sem querer, acho. Mas também não foi, tipo, uma grande surpresa.

— Eca — diz ela, e então ri de si mesma. — Desculpa! Desculpa! Sei que você só está me contando porque perguntei. Sou péssima.

— Ai, meu deus, fala sério — respondo. — Se a vovó e o vovô resolvessem me contar uma história dessas do nada, acho que eu ficaria cantando *lá-lá-lá* com minhas mãos tampando as orelhas.

— Tudo bem. E aí?

Sinto a necessidade automática de mentir. Porque nunca não menti sobre isso. E porque é tão fácil. Não é nem mentir, mas me recusar a ser clara sobre o que estamos falando.

— Perdemos o bebê — digo, e isso é verdade, em parte. Agora, estou recorrendo a uma questão cronológica, porque perdemos um bebê. Mas depois. — Ou, na verdade, o bebê morreu no útero, e tomei o remédio que faz a pessoa sofrer um aborto.

— Ah, sinto muito, mamãe. Que coisa horrível — diz ela. — E aí?

— *E aí* o quê? — pergunto.

— Aí você engravidou de novo?

— Não — respondo.

Ela sobe um pouco na água para nossos olhos ficarem na mesma altura. A conta não fecha.

— Então você só engravidou de novo dessa vez?

Respiro fundo — então engulo um pouco de água, tusso, cuspo, engasgo, enrolo. Willa ri carinhosamente de mim.

— Não — digo depois de recuperar o fôlego. — Tive outra gravidez.

— Quando? — pergunta ela.

— Antes.

Uma brisa passa nos soprando, e estremeço.

— Antes do Jamie?

— Não. Antes de perder o bebê.

— Espera — diz ela. — O quê? Ah, mãe, você teve esse bebê? Você deu à luz e ele não sobreviveu?

— Não — respondo. — Não, não. — Minha garganta está tentando entalar as palavras, mas as forço a sair. — Interrompi a gravidez.

— Ah! — diz ela. — Você fez um aborto?

— Isso — respondo. — Sim.

— Esse não é um grande segredo terrível, é? — pergunta ela. — Quer dizer, eu esperaria que você fosse encarar bem esse tipo de coisa.

— Na verdade, não — digo. — O que também me surpreendeu. Quer dizer, é, encarei bem o fato de eu poder fazer isso. Encarei bem no sentido filosófico. E político, é claro. Meu corpo, minhas regras! — Passei toda a minha vida adulta defendendo a saúde e a justiça reprodutiva. — Mas não. Acaba que não encarei bem no sentido pessoal. E, sim, é um grande segredo terrível.

— Por quê? Ah, mamãe. Você está chorando?

— Estou? — pergunto. — Ah, é bem provável. É uma história meio horrível.

Uma cabecinha surge na água a alguns metros de nós, e grito. Willa também grita. Nós nos agarramos, berrando e rindo e nos afogando enquanto dois olhos esbugalhados piscam para nós. Não é uma cobra. É uma tartaruga do tamanho de uma batata, que volta a mergulhar antes mesmo de pararmos de gritar.

— Me conta — diz Willa, ofegante, depois que os gritos e risos terminam. Sob a luz da lua, os olhos dela estão imensos e carinhosos. As crianças se tornam as adultas. É algo lindo de se testemunhar; e é difícil me considerar merecedora disso. — Só se você quiser, é claro.

— Obrigada, querida. Não sei. Acho que estava muito sobrecarregada. Com a maternidade. Vocês eram incríveis! Eram perfeitos. Mas eu vivia preocupada com os dois. Meu amor por vocês acabou comigo. Estava tão cansada. Não conseguia imaginar recomeçar tudo. Não conseguia imaginar o fato de ser responsável por mais uma pessoa.

Eu nunca dormia, não digo. *Observava seu rostinho adormecido, e às vezes você abria seus olhos de bebê e sorria para mim, e eu achava que fosse explodir em mil pedacinhos.*

— Será que você estava deprimida? Será que era depressão pós-parto?

Um vaga-lume pisca acima de nós.

— Sim — respondo. — Acho que era isso. Acho que era. Quer dizer, eu não sabia na época. Porque não me achava deprimida. Só estava muito ansiosa e muito cansada. Havia uma sensação constante e pesada de poder perder tudo. Um luto antecipado. Vivia com medo de vocês morrerem.

— Você queria que a gente desaparecesse para que tudo melhorasse?

— Ai, meu deus, é claro que não! — respondo. — Quer dizer, talvez mais ou menos. Eu sei, é bizarro pra caralho.

— Não, não, também sinto mais ou menos isso — diz ela. — Você tinha um transtorno mental não diagnosticado, mãe. Não era *você*.

— Obrigada, querida — digo.

Estou chorando de verdade agora, e Willa nada para perto de mim, me abraçando na água. Passa um braço pelas minhas costas e outro sob meus joelhos, como se eu fosse um bebê.

— Só uma garota e sua mãe, boiando na lagoa — diz ela, e a frase vem de um livro ilustrado que ela adorava.

Estou prestes a lembrá-la de que ela é incrível, incrível de verdade, quando escutamos um homem pigarrear. Dou um pulo e me debato, jogo água em Willa, entro em pânico.

— Mãe, mãe! Está tudo bem. É só o meu pai!

— Merda — digo.

E ela declara:

— Por que *merda*? — Willa se afasta para olhar meu rosto e diz: — Ai, meu deus, mãe.

34

No outono em que Jamie tinha quatro anos e Willa ainda não havia completado um ano, o ginecologista me deu o remédio, mas me obrigou a tomar o primeiro comprimido na sua frente, como se eu fosse uma criança em que ele não pudesse confiar.

— **Parece que vou perder o bebê** — falei para Nick, chorosa, quando ele voltou para casa do trabalho naquela noite. As lágrimas, pelo menos, eram sinceras. — Acho que já começou.

— Ah, querida — disse ele. — Sinto muito.

É claro! Ele sentia muito *por mim*. Porque aquilo estava acontecendo comigo — era verdade, seja lá o que fosse. E ainda assim, sua compaixão me deixou furiosa. Por que não estávamos juntos naquilo? Mas não poderíamos estar. Não estávamos. Também, é claro, porque ele nem sabia.

— **Você só está cansada, né, mamãe?** — perguntou Jamie, me encarando com as sobrancelhas minúsculas franzidas enquanto eu o colocava na cama.

Meu deus. Eu tinha mesmo dito isso para ele tantas vezes?

— Só estou cansada, querido — falei. Ele deu um tapinha no colchão, e deitei ao seu lado. — Vamos para Cape Cod no fim de semana — sussurrei.

E ele disse:

— Que legal! Podemos ir à praia? Eu e a Willa podemos tomar sorvete?

Willa já estava dormindo, mas sentou no mesmo instante, feito um zumbi, e gritou:

— *Soveeeete!*

Jamie e eu gritamos primeiro, depois rimos. E então Willa riu também, e se jogou em cima de nós como um jogador de futebol americano lunático em miniatura, grunhindo e gritando e soltando sua gargalhada maníaca de bebê diretamente em nossos rostos. Caí no sono com as crianças empilhadas sobre meu corpo, me ancorando ao mundo.

35

Agora, estou arrastando a tela do celular no meio da madrugada. Não consigo dormir. Assisto a receitas de queijo halloumi, de um bolo de refrigerante, a alguém estourando pipoca em uma frigideira aberta do tamanho de uma nave espacial. Baixo um aplicativo que acompanha o consumo de álcool da pessoa. Pesquiso sutiãs, tratamentos de acne, supositórios vaginais com CBD. Lontras boiando com seus filhotes. Um cachorro com ar de arrependido que destruiu uma almofada de sofá. Leio a página da Wikipédia sobre Treblinka. A página da Wikipédia sobre transtorno de luto prolongado. A página da Wikipédia sobre tempê. Assisto a bebês gêmeos arrancando gargalhadas um do outro. Leio um artigo ilustrado da wikiHow sobre como se divorciar. Imagino como seria morar sozinha. Eu poderia morar sozinha! Poderia? Quer dizer, provavelmente. *Mas o Frango com certeza vai comigo!*, penso, rebelde.

Por que eu sempre parto meu próprio coração?

— **Ouvi gritos** — disse Nick da areia depois que Willa e eu saímos da água. — Achei que vocês tivessem visto uma cobra. Ou que tivessem achado que viram uma cobra.

— Exatamente — disse Willa.

Ninguém falou nada enquanto nos secávamos no escuro com uma nuvem de mosquitos voando ao redor de nossas cabeças. Willa foi na nossa frente. Nick não encostou em mim no caminho de volta.

— O som na lagoa ecoa bastante, sei que você sabe disso — comentou ele, apenas.

Mais tarde, estávamos deitados na cama, à meia-luz, olhando um para o outro. Lágrimas escorriam do meu rosto para o travesseiro. Willa tinha saído para encontrar Callie. Todos os outros dormiam, ou pareciam estar dormindo — mas, sinceramente, que porra de diferença fazia? Eu queria acordar todo mundo e contar tudo antes que, sem querer, eles escutassem conversas enquanto faziam xixi ou preparavam uma torrada.

— Só para deixar claro — disse Nick. — Você *interrompeu* aquela primeira gravidez?

Concordei com a cabeça.

— E me disse que tinha perdido o bebê?

— Nicky.

— Você fingiu que estava arrasada.

— Não fingi.

— O segundo foi um aborto natural, ou não?

— Foi! — respondi. — É claro — acrescentei, e então me retraí, porque, tipo, *é claro*?

— Você não quis me contar — disse Nick. Ele parecia mais confuso do que irritado. — Não naquela época. E nem agora. Mas contou para nossa filha.

— A Willa *entende* tudo — digo.

Eu estava soluçando agora.

Nick concordou com a cabeça.

— É difícil dizer o que eu teria ou não entendido. Isso foi há quase vinte anos, Rock. É uma parte enorme do nosso casamento com um negócio imenso no meio, que eu nunca soube. — A voz dele engasgou.

— Eu sei — falei. — Desculpa. Estou com tanta vergonha.

Ele segurou meu rosto, secou minhas lágrimas com o dedão. Nick não era o tipo de pessoa que gritaria comigo ou teria um surto de fúria. Seria eu quem teria que me odiar no lugar dele. O que meio que me fazia odiá-lo.

— A gente fez *terapia de casal* — declarou ele. — E você disse que eu não te conhecia. Você ficou furiosa com isso. Continua furiosa. Mas como eu poderia te conhecer, Rocky? Eu não sabia de nada.

Minha vontade era dizer: *Se você quisesse saber, você saberia.*

— Eu sei — falei em vez disso.

Ele deve ter visto algo em mim — a maneira como eu me despedaçava — porque então me puxou para seu peito, me abraçou.

— Vem aqui — disse ele, retórico.

Eu já estava ali. E, gostando ou não, Nick continuava tendo o cheiro de lar.

SEXTA-FEIRA

36

Ainda não dormi. Tento fazer um negócio que vi em um aplicativo de insônia: percorrer mentalmente meu corpo, apagando a luz de cada cômodo dele. Mas então elas vão reacendendo às minhas costas. Vira e mexe pego o celular, como se ele fosse uma bola de cristal capaz de me oferecer uma resposta. Quando amanhece, estou exausta. O ventilador de teto gira fazendo barulho, já está quente e consigo sentir o cheiro da fossa séptica. Dois esquilos batem papo na árvore diante da nossa janela. Um mosquito fica zumbindo dentro ou fora da tela — não consigo entender onde ele está. Frango está em algum lugar lá embaixo, vomitando uma bola de pelo, sem dúvida em cima de um tapete ou estofado. Escuto a porta da frente fechar baixinho, e Willa bebendo água na pia e falando um palavrão ao subir a escada. Ela abre um sorriso estranho ao me ver acordada, diz:

— Pisei numa merda de bola de pelo.

E então deita em sua cama no chão e vira de costas para mim.

Eu me dou conta de que não sei se meus pais ainda irão embora hoje, como planejavam. Pessoas normais ficariam até o checkout de amanhã, levando em consideração a ida ao hospital de ontem. Mas meus pais têm uma regra rígida de apenas dois dias. Se eles viajassem cem milhões de quilômetros para visitar você em Marte, levariam uma salada de peixe branco em um cooler e ficariam por duas noites. Também reclamariam do trânsito, de como foi difícil encontrar uma vaga.

Viro para observar o rosto adormecido de Nick, mas seus olhos estão abertos.

— Oi — sussurra ele.

— Oi — sussurro de volta. — Estou com medo de você me abandonar.

Ele sorri.

— Não vou te abandonar — diz ele. — Estou com medo de *você* me abandonar!

— Também estou com um pouco de medo disso — respondo.

O sorriso dele desaparece.

— Vamos tentar encontrar um tempo para conversar. Mas não tem problema se isso só acontecer quando chegarmos em casa. Não vai fazer muita diferença esperar mais um dia, a esta altura.

— Obrigada — digo. — Que bom que você não se importa. Não sei o que todo mundo vai resolver fazer hoje.

— Ei, você acha que a Maya está bem? Quando desci para fazer xixi, ela estava vomitando de novo.

Porraaaaa. Ainda não contei para ele! Sou um saco de lixo entulhado de segredos.

— Sim — respondo. — Ela deve estar bem. Na verdade, vamos tentar mesmo encontrar um tempo para conversar, só nós dois.

— Tudo bem — diz ele, e me dá um beijo inocente na testa. — Você quer sair para correr comigo agora, antes de todo mundo acordar?

— Ai, meu deus. Não muito — digo. — Estou tão cansada. Você não prefere dar uma volta na lagoa? Ou que tal irmos à praia?

— Claro — responde ele. — Tanto faz.

— Vamos à praia — decido.

E Nick diz:

— Ótimo.

Levantamos gemendo, bonequinhos de palito sem joelhos, enferrujados. Passamos de fininho por Willa, por Jamie e Maya no andar de baixo, pegamos nossas roupas de banho úmidas na varanda e nos vestimos em silêncio. Nenhum som vem do quarto dos meus pais, o que me deixa feliz.

Ai, meu deus, a menos que eles tenham morrido! *Puta merda.* Abro uma fresta na porta e espio lá dentro. Seus rostos queridos estão virados um para o outro, seus cabelos brancos nas fronhas brancas. Observo até ver o peito dos dois subindo e descendo, então fecho a porta com os olhos marejados, uma mão sobre o coração. Nick balança a cabeça para mim, e dou de ombros. Eu sou assim, como ele bem sabe. Quando era pequena, Willa contava histórias de fantasma tão assustadoras que fazia a si mesma gritar e chorar. Entendo esse impulso.

Fazemos café, pegamos o carro, estacionamos. Há poucos veículos ali tão cedo. Esta é uma das praias mais isoladas, e precisamos descer cambaleando por uma duna íngreme e arenosa para chegar até ela. As crianças costumavam descer em disparada por esta duna, rolando pela mesma quantidade de tempo que permaneciam de pé. Elas me mostravam cotovelos, queixos. *Beija aqui, mamãe. E aqui.* Tantos machucados e hematomas! Tantos biscoitinhos no formato de peixe para consolá-los!

— Andar? — pergunta Nick. — Sentar?

— Senta comigo — respondo.

A maré está baixando, e a areia está fria e úmida quando nos aproximamos da água. Sentamos em nossas cangas. Ajeito um pouco a minha, a esticando ao meu redor, fico enrolando. Uma gaivota voa baixo sobre nossas cabeças, derruba algo na areia perto de nós e dá um rasante para recuperar seu pertence, nos lançando um olhar indignado.

— A gente não vai roubar seu caranguejo — digo. — Credo.

Nick está deitado de costas, apoiado nos antebraços, e vira seu rosto lindo para mim.

— A decisão era só sua — diz ele. — Sempre. Obviamente.

— Eu sei — digo.

Já estou chorando, secando o rosto com a manga da única blusa limpa de Nick, que uso desabotoada sobre meu maiô.

— Você achou que eu fosse insistir para termos o bebê?

— Não. Não. Não de verdade. Mas acho que esta não é a conversa certa. Você vai tentar encarar as coisas de um jeito racional, e vou encarar de outro jeito, sem te ouvir. — Ele parece confuso, o que faz sentido. Suspiro, tento de novo: — Você provavelmente está analisando a situação sob vários ângulos, tipo, *Isto faz sentido? Será que faz?* Mas não é assim que você vai entender por que não contei.

Ele fita o mar, mas sinto sua atenção.

— Nick, você sabe, tipo, mil argumentos filosóficos incríveis pelo direito ao aborto, e te amo por isso. Concordo com todos eles. É óbvio. — Antes de estudar fisioterapia, Nick tinha feito um doutorado e sido professor universitário de ética. — Só que não é assim. Não achei que fosse antiético, é claro, não nesse sentido. Mas me senti péssima sobre o que fiz, sobre mim mesma. Estava apaixonada demais pelos bebês que tínhamos para ter outro filho. Estava acabada, Nicky. Não saberia como te explicar. Não sei explicar até hoje.

Ele concorda com cabeça, hesitante.

— E aí, depois, fiquei tão triste. Estava apaixonada demais pelos bebês para superar o fato de que não teríamos outros, de que eu tinha escolhido não ter outro. E quis engravidar de novo. Foi meio como se eu estivesse possuída. Aquela gravidez impulsionou algo em mim, e o único exorcismo possível seria outra gestação. Estava desesperada para engravidar. Estava tão arrependida. Tão triste. No instante em que tomei aquele remédio! Eu daria tudo para voltar atrás. Quase tudo. — Eu sabia a data do parto, qual teria sido o aniversário do bebê. E então, depois do aborto espontâneo, sabia o aniversário daquele bebê também. Ainda marco esses aniversários. Sou marcada por eles. — Nick, eu estava só acumulando perdas, e não conseguia parar de me preocupar com o Jamie e a Willa. Tinha medo de que algo acontecesse com eles. De nós perdermos tudo.

No ano seguinte à minha última gravidez, bateram na traseira do carro da minha amiga Jo, que ficou destruído. O seguro foi acionado com o Departamento de Perda Total.

— Estou na mesma — falei quando ela me contou.

E Jo perguntou:

— O quê?

E respondi:

— No Departamento de Perda Total. — E então: — Deixa pra lá.

Porque eu sabia que não estava fazendo sentido algum.

Nick se senta e coloca uma mão nas minhas costas.

— Ah, querida — diz ele, e desabo sobre seu corpo. — Quanta meleca — continua ele, secando seu peito com a ponta da toalha.

Solto uma risada escarrada esquisita.

— Então quem sabia? — pergunta ele, e sento de novo, balanço a cabeça.

O mar se acumula e quebra, empurrando pedrinhas. Parece que alguém está sacudindo um pote imenso cheio de grãos de feijão. A Lua faz isso tudo? É difícil imaginar algo assim.

Nick está me encarando, esperando.

— Ninguém — respondo.

— Você não contou para *ninguém*?

— Não.

— Nem para a Jo?

— Nem para a Jo.

— Sua terapeuta da época?

Balanço a cabeça de novo.

— Você não contou nem para a sua *terapeuta*?

— Achei que ela fosse me diagnosticar com alguma coisa — respondo, e então solto uma risada. — E sei que isso é meio doentio.

— Eita, querida — diz Nick.

— Melhorei muito depois que comecei a tomar o antidepressivo. Acho que perder o bebê me deu a sensação de que eu finalmente podia pedir ajuda. Mas um aborto? Isso meio que é o tipo de escolha com que você precisa arcar com as consequências. Quer dizer, não deveria ser. Não é. Eu tentaria convencer qualquer pessoa a não se sentir assim. Mas era como eu me sentia. — Tiro a blusa, afasto o cabelo da nuca. — Onda de calor — explico. Nick parece preocupado, e com razão. — Mas senti tanta raiva de você. Sim, por não saber. Por não me enxergar. Por não enxergar além. Mas também por ser *normal* pra caralho. Por sair tão ileso.

Nick concorda com a cabeça, nervoso.

— Cada segundo é, tipo, uma loucura reprodutiva total. Uma escrotice ginecológica. E depois ainda tenho que querer transar? Parece que vou andar numa roda gigante no meio da porra de um cemitério. É *loucura.*

Nick morde a unha do dedão. Mas ainda não terminei!

— O sexo acaba com a gente, com as mulheres, com nossos corpos e nossas mentes. Sofremos abuso sexual a cada cinco minutos. Somos contaminadas com tudo. Traumatizadas por engravidar, por não engravidar. Mas vamos seguir em frente! Tipo, você se machucou em um acidente de carro, mas então acham que você precisa querer voltar a dirigir? Sabe?

— Mas as pessoas fazem isso — diz Nick. — Elas voltam a dirigir.

— Sim — respondo. — Mas não existe uma expectativa de que você terá, tipo, orgasmos múltiplos na estrada, no meio de um flashback do seu trauma.

— Você sabe que sente tesão por mim — diz Nick para me fazer rir, e dou uma risada. E que risada. Sinto tesão por ele.

— Sinto tesão por você — digo. — Mas, às vezes, parece que estamos vivendo em dois planetas diferentes. E aí me lembro de que esse é o título daquele livro idiota, que fala de Vênus e Marte, e fico com tanta raiva que quero gritar.

— Quer entrar? — pergunta Nick, gesticulando para o mar.

Toma um biscoitinho no formato de peixe! Mas, sim, quero. Quero nadar. Quero ser tragada. Quero sentir que não peso nada.

37

Quando Nick está parando no chalé, me lembro.

— Merda! — exclamo. — Porra. Tem outra coisa.

— Ih! — diz Nick. Está dirigindo descalço e sem camisa, feito um adolescente.

— Amor. A Maya está grávida.

— Ah! — exclama Nick. Ele concorda com a cabeça. — Uau. Tudo bem. Qual é o plano?

— Não sei — digo. — Acho que nem eles sabem.

— Nossa. Quando eles te contaram?

— Ontem — respondo. Nick espera que eu explique, mas estou ocupada tirando o maiô da minha bunda. — A Maya me contou. Espera. Que dia é hoje? Não. Não foi ontem. Anteontem, acho?

Inclino a cabeça para trás e bebo o restante do café que, no fim das contas, com certeza não é de hoje. Nick olha para a frente, e reparo que sua boca está repuxada em uma linha reta.

— Ah, não! Você está fazendo sua cara triste. Você ficou chateado? Desculpa! Me desculpa. Não fiz de propósito. Só queria esperar até ela contar para o Jamie, e aí o dia acabou sendo intenso demais.

— Não tem problema — responde ele. Solta uma risada desanimada. — Acho que a questão principal agora não é eu me sentir um pouco ofendido. Só me sinto meio excluído no geral.

E isso me faz fervilhar.

— Meu deus, Nick. Quer dizer, você não quer uma coisa dessas; realmente não quer ser a pessoa que os outros procuram para desabafar. Mas aí fica magoado quando não fazem isso. E aí quem tem que fazer isso sou eu, como sempre foi. Você pode ligar o carro para eu abrir a janela? Está quente pra caralho.

Nick gira a chave, abre todas as janelas, e se vira para me encarar.

— Alguém precisa ser a pessoa que dirige o carro para todo mundo, compra o jantar e não está metido nos dramas dos outros a cada segundo, Rock.

Justo.

— Isso não é justo — respondo. — Faço todo o trabalho emocional.

— É verdade. Mas parte desse trabalho só existe porque você vai atrás dele. Acho que você não precisa ser o centro de algumas das coisas em que vira o centro.

— Ai, meu deus. Você está me chamando de narcisista?

— Um pouco, sim.

— Eu meio que sou narcisista mesmo.

Nick ri.

— Pois é.

— Mas você é um idiota, Nicky! Você ignora tudo que não quer ver.

— Isso é verdade — diz ele. — Eu sei que você faz coisas demais. Sei mesmo.

— Mas você vai pedir desculpas por me encher o saco? — pergunto.

E ele responde:

— Não, acho que não. Não sinto que seja o momento para um pedido de desculpas dessa magnitude.

— Um pedido menor então?

Ele leva um dedo ao queixo, refletindo.

— Agora, não.

Balanço a cabeça, meio furiosa, meio deslumbrada. As duas coisas, de verdade.

Subo no colo dele, montando desajeitada com um joelho sobre o porta-copos, me inclino para beijá-lo. Então me afasto para encará-lo.

— Seus dentes são tão bonitos — diz ele, sorrindo, então segura meu quadril com as duas mãos.

Há apenas duas roupas de banho entre nós, apenas calor. Eu me impulsiono para a frente, e ele geme. E, sim, apesar de toda a catástrofe reprodutiva da minha vida, apesar da fúria seca da menopausa, preciso que Nick faça isso — que gema. Que me deseje. Passei a vida inteira querendo isso. Pela milionésima vez, juro para mim mesma que serei uma esposa melhor. Mais bonita, mais gentil. Mas que porra é essa? Por que eu deveria ser bonita e gentil? Da onde tirei essa merda? Só que as mãos dele estão no meu cabelo, a boca está no meu pescoço, e sou tão, tão sortuda.

Nick se pressiona contra mim, duro, e sussurra:

— Você vai ser uma avó gostosa.

E digo *Ai, meu deus*, porque nosso bebê vai ter um bebê.

Talvez.

38

Todo mundo já acordou. O sofá--cama está arrumado, e Willa e Maya estão sentadas juntas com o gato e xícaras de café, lendo uma revista *Gourmet* de 1985.

— Naquela época, o pessoal gostava muito de frango com azeitonas, ameixas e um quarto de xícara de orégano — anuncia Willa.

Meu pai está na varanda com o jornal. Jamie e minha mãe preparam bacon e panquecas.

— Você comprou o jornal para o vovô? — pergunto para Jamie.

E ele responde:

— Comprei!

— Você é um bom filho — digo.

E ele diz:

— Eu me esforço.

Eu me curvo para cumprimentar minha mãe animada, e ela inclina o queixo para receber um beijo.

Pego pratos e talheres, levo tudo para a varanda. Nick me segue com copos e suco, abre o guarda-sol sobre a mesa, apesar de ainda termos sombra. O ar cheira a pinheiros e ecoa com o canto dos pássaros.

— Bom dia! — diz meu pai.

E respondo:

— Oi, pai! Vocês dormiram bem?

— Seu gato derrubou meu copo d'água — diz ele.

— Desculpa, pai! Ele é um gato muito malcriado.

— Seguindo na mesma linha — continua ele. — Esqueci e joguei papel higiênico na privada, mas sei que não podia ter feito isso.

— Não deve acontecer nada — minto.

Willa vem com o xarope de bordo e um pote com fatias de melancia. Jamie, Maya e minha mãe chegam com o restante da comida.

— Como assim, já é sexta-feira? — pergunto, e todo mundo ri, porque, caramba, parece que estamos aqui há uma semana e meia!

Passamos a comida pela mesa em silêncio, o xarope, enchemos copos de água, copos de suco.

— Você está bem mesmo, vó? — pergunta Willa.

E minha mãe responde:

— Novinha em folha.

— Bebe um pouco mais, tá? — diz Willa, e minha mãe concorda com a cabeça, obediente, terminando de beber o copo d'água.

— Mas vocês não vão voltar para casa hoje, vão? — pergunto. As panquecas estão macias e azedinhas. Alguém usou leitelho? — A comida está deliciosa, aliás — digo.

— É claro que vamos — responde minha mãe. — Queremos sair depois do café. Seu pai vai dirigir.

Meu pai nunca dirige.

— Você vai conseguir dirigir, pai?

— Por que eu não conseguiria dirigir? — Ele enrola duas fatias de bacon em uma panqueca, molhando-a em uma piscina de xarope.

— Hum, porque você tem uns trezentos anos, vô — responde Willa, e ele ri.

— Ainda sou um ótimo motorista — diz ele, o que não é verdade. Mas pelo menos ele nunca foi um bom motorista.

— Mort, posso levar vocês — oferece Nick. — Depois, pego o trem de volta. Adoro o trem!

É como se Nick tivesse oferecido para ajudar meu pai a vestir seu pijama. Meu pai ergue um dedo ofendido enquanto mastiga e engole.

— Não tem necessidade nenhuma disso, Nicholas — responde ele.

— Coloquem máscaras se fizerem uma parada em algum lugar muito movimentado, tá bom? — diz Willa. — Não quero que peguem covid.

Não imagino que meus pais coloquem máscaras, nem por Willa.

— Acho que finalmente peguei covid no outro dia — comenta meu pai.

E digo:

— O quê?

Parem, é o que quero dizer. *Parem de não me contar as coisas*. Ou talvez *Parem de me contar as coisas*.

Minha mãe balança a cabeça.

— Não sei, Mort. Não me convenci.

— Bom, eu me convenci — diz ele. — Comi um ovo cozido na semana passada, e não senti gosto de nada. — Todos olhamos para ele, esperando mais informações, então ele continua: — Mas o gosto melhorou depois que coloquei sal.

— Esse foi seu único sintoma, pai? — pergunto. — Um ovo sem gosto?

— Sim — responde ele.

— Ai, meu deus, vô — diz Willa, rindo.

— O que foi, Willa? — indaga ele.

E ela fala:

— Nada. Que bom que você se recuperou.

Jamie interrompe a conversa.

— Antes de vocês irem, a Maya e eu queremos dar uma notícia. — Vejo o olhar dos dois se encontrarem, e ela abre seu sorriso radiante para ele. Nick aperta minha mão. Vou ser uma avó gostosa! — Desculpem o drama — diz Jamie, sorrindo. — Quer dizer, agora vocês já sabem o que vou falar. A Maya e eu vamos casar!

Ah! Tudo bem. Puxo o ar com força para não reagir à coisa errada. Essas crianças maravilhosas.

Minha mãe bate palmas e diz:

— Eba!

E meu pai parabeniza os dois. Nick e eu levantamos para dar a volta na mesa, abraçamos eles, dizemos que os amamos.

— Estou tão empolgada! — exclama Willa. — Que legal, gente! Vai ser tão divertido. Quero ser padrinha. Ou seja lá o que for que eu não precise usar vestido e possa levar uma garota bonita comigo.

— Acho que você está falando de duas coisas diferentes — responde Maya. — Mas você com certeza pode fazer as duas.

— Quero ver a aliança — diz minha mãe, e então, quando eles explicam que ainda não têm aliança, que foi apenas uma decisão espontânea que tomaram juntos: — Ah, claro que não, que bobagem a minha!

— Vocês já pensaram numa data? — pergunto.

— Talvez no próximo verão? — sugere Jamie. — Depois que a Maya terminar o doutorado.

— Que ótimo! — exclamo. O bebê vai ter quatro meses! Posso segurá-lo durante a cerimônia. Que bom que eles não vão apressar as coisas para casar antes de Maya começar a parecer grávida. — Vocês podem fazer a cerimônia em Cape Cod! — digo. — Ou no quintal de casa!

— Acho que vai ser na casa dos pais da Maya, em Nova Jersey — responde Jamie, tímido.

Fico corada, digo:

— É claro!

Existem outras pessoas no mundo além de nós! Às vezes me esqueço disso.

— Mas foi legal da sua parte oferecer, Rocky — diz Maya. — Obrigada.

— Ah, é claro. Desculpa ser esquisita. Você já contou para os seus pais?

— Nós ligamos para eles hoje cedo — responde Jamie.

O *nós* já começou! Penso que preciso me lembrar de reorganizar meu coração — de abrir mais espaço para mudanças. Mas, caramba! *E a gente?*, quero perguntar. *A gente não importa?*

E então me lembro de que eles estão aqui com a gente, agora, nos contando tudo.

Enquanto arrumamos a mesa, escuto minha mãe se oferecer para consertar o short de Maya. Ela explica que trouxe seu kit de costura.

— Ah — diz Maya, e ri. — Ele é rasgado assim mesmo.

— Que diferente! — exclama minha mãe. — Tem vezes que não entendo mais o mundo.

— Nem eu, mãe — digo, e me apoio nela sem, surpreendentemente, derrubá-la no chão.

39

Tchau! Tchau! Todos acenamos enquanto meus pais vão embora. Damos um pulo para trás quando meu pai dá ré no Volvo e o joga nos arbustos, e voltamos a acenar depois que vemos que está tudo bem. *Tchau! Tchau!*

— Nossa — digo, e desabo sobre Nick.

Ele beija o topo da minha cabeça.

— Toda vez que eles vão embora, fico com medo de nunca mais vê-los — diz Willa, e começa a chorar.

Eu a puxo para meus braços e digo:

— Sei como é, querida.

Porque o luto antecipado é uma das cinco piores características que ela puxou de mim. Talvez seja até uma das três piores.

— Aprendi a ser assim com *você* — diz ela, a irritada leitora de mentes.

E respondo:

— Eu sei. Sinto muito.

— Será que é um trauma epigenético? — pergunta ela enquanto voltamos para dentro do chalé.

— Epigenética é quando algo que acontece durante sua vida é passado adiante? — questiono.

E ela responde:

— É basicamente isso.

— Talvez seja — digo. — Não entendo bem como isso funciona. Mas sei que há muitos traumas na nossa família. Obviamente, mais do que eu imaginava.

Ela concorda com a cabeça.

— Quero lavar minha roupa antes de ir embora — diz ela. — Me faz companhia?

É claro!

Willa pega suas roupas sujas, que estão tão espalhadas pelo mezanino que parecem terem explodido de um vulcão lésbico.

— Por que as suas meias estão na nossa cama? — pergunto, e ela dá de ombros.

Frango pula na mala aberta em uma tentativa dramática de não ser deixado para trás. Willa finge não vê-lo, fecha-o lá dentro, e ele está agachado, tão empolgado e de olhos arregalados como uma criança quando ela volta a abrir a mala.

— Aí está você! — exclama ela. — Eu te procurei por todo canto!

Ele vira de costas para baixo e mostra sua barriga cor de creme, ronronando. Então se embola em um emaranhado confuso de patinhas. Pobre velho Frango.

— Sinto tanta saudade quando você está na faculdade — digo na voz de Frango.

E Willa responde:

— Ah, coitadinho.

Na lavanderia, Willa derrama seu saco de papel cheio de roupas na máquina de lavar, acrescento algumas toalhas, coloco detergente, enfio moedas e escolho uma configuração. Willa aperta INICIAR e senta em uma cadeira de praia, dá um tapinha na cadeira ao seu lado.

— Aqui? — questiono, e ela dá de ombros.

— Só por um instante. É o único lugar em que ninguém mais vai aparecer.

Isso é verdade.

— Você conversou com meu pai? — pergunta ela.

— Conversei.

— Ele reagiu bem?

Meu deus, *reagiu*?

— Sobre o quê? — pergunto.

— Tanto faz — diz ela. — Sobre as duas coisas.

— Acho que sim — respondo. — Estou com vergonha por você estar passando suas férias preocupada comigo.

Ela acena uma mão, dispensando meu comentário.

— Não estou. Por que você não contou para ele antes? — pergunta ela. — O bebê era de outra pessoa?

— Ai, meu deus! Não. Mas isso, sim, seria um grande segredo! — respondo. — Não foi nada assim. Eu só... senti muita vergonha sobre tudo.

— Sobre fazer um aborto.

— Mais ou menos. Sobre não querer ter o bebê.

— Não há vergonha nenhuma nisso — diz ela. — Você não devia se sentir envergonhada.

— Bom, não me deixa com *vergonha* por sentir vergonha — digo, e ela sorri, concorda com a cabeça. — Não estamos falando de um aborto abstrato — continuo. — Mas do meu. Da minha experiência específica. Do meu corpo. Do meu estado mental esquisito. Do meu medo. E então me arrependi tanto.

— Mãe! — Ela está horrorizada. — Você não pode se arrepender de ter feito um aborto! É perigoso falar uma coisa dessas. O pessoal religioso adora usar essas merdas.

— Willa, querida. Somos só nós duas na lavanderia. Não estou me candidatando a governadora.

— Mesmo assim — diz ela. — Acho que você não devia ter se arrependido.

— Mas me arrependi. Sou humana. Isso é parte do pacote de fazer escolhas. Tomamos nossas decisões, mesmo que elas sejam imperfeitas. E o potencial de você se arrepender depois? Não podemos proibir algo só por causa disso. Você se arrependeu de namorar aquela chata no ensino médio.

— Angelina — diz Willa, e estremece.

— Angelina — repito. — Ela era péssima. Mas não proibimos as pessoas de serem gays só porque tomam uma decisão gay ruim.

Ela ri.

— É verdade. Não proibimos o casamento dos héteros também, apesar de a maioria das pessoas se divorciar.

— É verdade — digo de volta. — Ou, tipo, quando o Jamie fez aquele estágio terrível... Ele se arrependeu de aceitar a vaga. Mas arrumar um emprego não vai se tornar ilegal.

— Quem dera! — diz Willa.

— Eu queria que tivesse sido uma experiência boa para mim. Que eu tivesse interrompido a gestação e me sentido aliviada, leve. Muita gente que conheço teve essa experiência, e fico feliz por elas. Quero que seja assim com todo mundo! Mas não foi assim comigo. E tudo bem. Sobrevivi. Só que foi difícil.

— Se você não queria ter um bebê, por que engravidou de novo, depois do aborto?

— Bom, aí eu *queria* ter outro bebê. Depois de não ter tido aquele.

— Tipo, como uma *penitência*?

— Não, não. Não foi assim. Era mais como um antídoto para a tristeza.

— Mãe, você é menos a favor do aborto do que eu pensava?

— Ai, meu deus, não! — exclamo. — Willa, eu literalmente arrisquei minha vida para mulheres terem acesso ao aborto.

— Homens trans também — diz ela.

E respondo:

— Homens trans também.

— E pessoas não binárias.

— E pessoas não binárias — digo.

— Mas que drama também — diz ela. — Quer dizer, *você arriscou sua vida*? Mãe. Fala sério.

— Hum, é, acho que meio que arrisquei. Na época em que eu era acompanhante na clínica. Acho que meio que eu arriscava minha vida.

Ela concorda com a cabeça.

— Beleza — diz ela. — Maneiro.

— Você nunca vai precisar fazer um aborto — digo, orgulhosa. — Adoro isso sobre a sua vida.

— Mãe! — exclama ela. — Que loucura. Quer dizer, parabéns por aceitar o fato de eu ser lésbica e tal. Mas, sim, é claro que posso precisar fazer um aborto. Se eu não quiser seguir com uma gravidez, se uma gestação der errado ou se algo acontecer com o bebê.

— Sim — digo. — Desculpa. Foi uma idiotice dizer isso. Você se imagina engravidando?

— Não — diz ela. Seguro sua mão para impedi-la de arrancar uma casquinha em seu queixo, e ela se desvencilha de mim. — Se eu tivesse que prever o futuro, diria que não. Mas nem imagino como vou me sentir daqui a alguns anos, e, quando vejo pessoas queer grávidas e homens trans grávidos, fico empolgada sobre o mundo. Só que isso é diferente de querer engravidar. Mas quero ter uma companheira que tenha essa vontade.

Que bom, penso. Porém não confio em mim mesma para falar algo que não a irrite.

Uma mulher entra com um cesto de roupa num braço e uma garotinha chorando no outro.

— Desculpem — diz ela.

E respondo:

— Ai, meu deus, não tem problema. Podemos ajudar?

— Não precisa — diz ela —, obrigada.

E coloca a garotinha no chão, onde ela deita de costas, chorando e chutando o chão com seus chinelinhos.

— Era minha — chora ela.

— Sim. — A mãe está separando a roupa em duas máquinas. — A conchinha era sua. Mas ela ainda estava sendo usada por um caracol. Aquela era uma concha fedida que precisou voltar para a lagoa.

— Era a *minha* conchinha fedida! — continua chorando a menina.

— A concha estava fedida demais — responde a mãe, fechando as máquinas.

— Eu queria ela fedida! — chora a garotinha. — Eu gostava dela fedida!

— Você pode brincar com as conchas na lagoa, mas não podemos levá-las para casa — diz a mãe.

A menina chuta e chora, e a mãe olha para mim, faz uma careta de quem está gritando em silêncio.

— Sei bem como é — digo.

E ela responde:

— Obrigada.

— Também gosto de conchinhas fedidas — diz Willa. A menina vira de lado no chão de concreto para fitar minha filha nada feminina. Ela usa a parte de baixo de um biquíni cor-de-rosa e uma blusinha rosa que diz RATA DE PRAIA em glitter prateado. — Sempre quero guardar minhas conchinhas fedidas, e ninguém deixa.

Isso é verdade.

— Eu também! — exclama a menina, chocada, como se Willa tivesse mencionado essa coincidência do nada.

— É horrível — diz Willa.

A menina enfia o dedão na boca, segura uma mecha de cabelo com a outra mão, chupa e concorda com a cabeça.

Tira o dedão da boca para dizer:

— Estou com saudade da minha conchinha. Estou com saudade do meu caracol fedido.

— Sei como é — diz Willa.

E talvez seja por isso que viemos para este mundo. Para dizer uns para os outros: *Sei como é.* Para dizer: *Também sou assim.* Para dizer: *Entendo como é difícil criar filhos, ser filha.* Para dizer: *Sua conchinha era fedida, e você está triste. Também já passei por isso.*

40

Há feridas que nunca cicatrizam, por mais que o tempo passe.

Tanto Jamie quanto Willa nasceram de cesárea, e, por anos depois dos partos, a cicatriz abria aleatoriamente, rompendo como uma falha geológica. Eu não me importava. Era algo que me lembrava do quanto eu tinha sorte — de ter meus filhos. De vê-los nascer em segurança. Mas, caramba, meu corpo pagava o pato. Quando Willa tinha quinze anos — e sei que é uma conta fácil de fazer, mas, sim, foi *quinze anos* após a segunda cesárea —, uma espinha se formou na minha barriga, perto da cicatriz. Um cisto, talvez. Ele foi crescendo e crescendo até explodir, feito uma forma de vida maligna de um dos filmes da série *Alien*. O que saiu de lá foi um emaranhado de pontos. Eu o tirei com uma pinça, e era tão nojento que ninguém queria olhar.

— Vejam só! — exclamei, me aproximando das crianças com a pinça. — Ainda estou me recuperando do parto de vocês, seus *escrotos*!

Mas elas gritaram, saíram correndo e se recusaram a olhar.

Não havia provas físicas das gestações posteriores. Elas não deixaram cicatrizes visíveis. Mas essas são as feridas das quais eu acreditava que jamais me recuperaria. Ainda hoje, não sei se me recuperei ou se vou me recuperar um dia. Qual é a sensação da perda, dentro do corpo? Onde ela dói? É como uma bolha de ar presa na sua mente. É como olhar para dentro de um buraco fundo.

A tontura que isso causa. O potencial de esquecimento total. Fica no seu estômago. No seu baço.

Ou é apenas o coração enlouquecendo.

41

No chalé, todas as janelas estão abertas, e a brisa entra, trazendo o aroma de flores silvestres e rosas. Estou triste e aliviada por meus pais terem ido embora. Estou furiosa e louca por Nick. Eu me sinto culpada. Agradecida. Empolgada por Maya e Jamie, e preocupada com eles. Fascinada por Willa. Estou me afogando em amor. Meus bisavós foram assassinados por nazistas. O mundo é dolorosamente lindo. Tenho cinquenta e quatro anos, e aprendi, finalmente, que não tenho escolha. Mesmo que eu possa fazer escolhas. É simplesmente *tudo, o tempo todo. TUDO.* É isso que deve ser entalhado na minha lápide. *TUDO!*

— Tudo? — pergunta Nick.

O trem no meu cérebro entre o ato de pensar e o de falar finalmente descarrilhou.

— Tudo — respondo, e ele abre um sorriso nervoso, como de costume.

— Último dia! — exclama Jamie. — O que vamos fazer?

— Quer dizer... praia, certo? — pergunto, e todos concordam. Abro a geladeira. — Temos nove ovos que precisamos usar. Posso fazer salada de ovo. O que cada um quer em seu sanduíche de salada de ovo?

— Humm — diz Jamie. — Acho que não quero salada de ovo.

— Nem eu, para falar a verdade — concorda Willa.

— Ah, tudo bem. Vocês querem, tipo, sanduíches frios de ovo frito? Sou muito flexível!

— Vamos comprar sanduíches na delicatéssen — sugere Jamie.

— Mas e os ovos?

— Podemos levá-los para casa amanhã — diz Nick.

Estou parada com a caixa de ovos na mão, chocada do fundo da minha alma produtora de sanduíches.

— Ou você pode jogar os ovos fora — sugere Jamie, rindo. — Quer dizer, não quero dar uma de Bill Gates. Mas, sério, mãe. São ovos.

Jogo a caixa diretamente no cesto cheio de lixo, mas só para fazer todo mundo rir — e eles riem — antes de pegá-la de volta e enfiá-la na geladeira.

— Tudo bem! Vamos comprar o almoço.

— Ai, meu deus, ela ficou ofendida? — diz Willa. — Mãe!

— Fiquei? Talvez eu tenha ficado. Mas é uma besteira. Ainda mais porque posso comprar aquele sanduíche com a pasta de frutos do mar nojenta que eu gosto, a que tem caranguejo falso. Eu topo! Estou animada. Vai ser bom.

E é bom. Do carro Jamie faz nosso pedido pela Internet, para os sanduíches estarem prontos quando chegarmos. Cinco sanduíches em um saco de papel pardo com cinco cookies de chocolate branco e ao leite, cinco garrafas de chá gelado.

— Que ideia excelente! — digo, falando sério. — Ovos são coisa de gente chata.

No carro, apertada entre mim e Maya, Willa diz:

— Sempre imagino as salsichas em conserva em situação parecida, apertadas contra o vidro do pote. O nariz dela, a boca e tal.

— Hum — diz Jamie do banco do carona. — Explique melhor.

— O rosto da Eleanor Rigby. Em um pote perto da porta. — Ela canta o verso da música dos Beatles. — E, Maya, talvez você saiba a resposta para isto. Mas, quando uma lagarta... qual é o verbo certo? Quando ela se *metamorfoseia*, o que acontece com o cérebro dela? Tipo, todas as partes derretem para formar a borboleta, mas o cerebrozinho continua intacto o tempo inteiro?

— Boa parte do tecido cerebral é fragmentado e reconstruído — explica Maya. — Quer dizer, faz sentido, não faz? Precisa acontecer uma reorganização neurológica bem grande para um cérebro começar a enviar sinais de *voar* em vez de *rastejar*.

— Caramba — diz Willa, apenas.

Mas estou pensando nessas pessoas comigo no carro. Essas pós-crianças, que saíram do casulo da infância para saírem voando pelo mundo, tão brilhantes e lindas. Cujos cérebros foram liquefeitos e reorganizados para comandar esse voo.

É tão difícil não ter as crianças em casa. Na ausência delas, analiso o mundo em busca de seus vestígios, como uma detetive apaixonada. Jamie não publica nada no Instagram, mas seus amigos o marcam em fotos de vez em quando. Em um fim de semana, quando ele estava cuidando da casa dos meus pais, vi fotos de uma festa que ele deu no apartamento. Dei zoom na mesa de centro de mármore onde havia um bong — um bong em cima de um *porta-copos* —, printei a imagem e mandei para ele. "Um porta-copos!", escrevi. "Bom menino." Ele me respondeu com o emoji rindo-chorando. As crianças são pães-duros demais para pagar pela própria conta no Amazon Prime, então ainda usam a nossa, pelo frete grátis. Recebo notificações de pagamento e o e-mail de "Seu pedido na Amazon foi enviado", e clico para ver o que compraram, tento entender a vida delas sem mim: Jamie comprou doze tiaras com orelhinhas de gato; Willa comprou um livro de colorir; Jamie comprou um produto capilar caro, esponjas de cozinha e um pacote de quatro isqueiros da Bic em "cores fashion"; Willa comprou tatuagens temporárias da Taylor Swift e *O manual da neurociência cognitiva do desenvolvimento*; Jamie comprou uma caneta que remove manchas; Willa comprou o livro de exercícios interativos de *Como controlar a ansiedade*, o mesmo produto capilar caro de Jamie e um suplemento chamado L-teanina. Eu me preocupo com eles; fico pensando na melhor maneira de preencher suas meias de Natal.

Estou em um grupo do Facebook para pais de filhos quase adultos, e todo mundo é igual, muitos de nós perdidos na névoa, mugindo nossa preocupação para outras vacas também perdidas. Na maior parte do tempo, as mães se preocupam com drogas, publicam fotos ansiosas de evidências encontradas nas mochilas e cômodas dos filhos: "Alguém sabe o que é isso?", escrevem elas, concluindo o pior no sentido de parafernália de drogas. "É um descongestionante nasal", tranquiliza alguém. "São balas." "Um medidor de calibragem de pneus." "Uma coxa de frango do Playmobil." Não sabemos o que é aquilo que vemos nem o que significa. *Meu filho está bem?* é tudo que perguntamos. *Sentimos saudade deles*, dizemos. *O que vou fazer agora?*

Quando Willa foi para a faculdade, falei para Nick:

— O lado bom é que podemos voltar a comer carne!

Era um lado bom muito desanimador, e nem fizemos isso. Chorei, fiquei arrasada, e continuamos comendo feijão e tofu. Havia mais cômodos na casa para brigarmos ou transarmos, e podíamos brigar ou transar sem nos preocuparmos com o barulho. Era um misto de emoções.

Quando escutamos a expressão *ninho vazio*, imaginamos sua expansão penugenta, a ausência dos piados, talvez o casal de pássaros tendo uma conexão mais íntima, sem ninguém os interrompendo à meia-noite porque precisa que um deles leia um e-mail que tem que mandar para o professor de história ou que inspecione uma pinta estranha que, no fim das contas, é só canetinha. Só que, com frequência, um ninho vazio é composto por apenas dois pássaros se encarando, em choque e nostálgicos, por cima da minhoca que dividem no jantar, debatendo o que fazer com os restos dela.

Meus próprios pais fazem isso há anos, preparando a comida deles, e é algo que sempre me faz rir.

— Comprei um peixe maravilhoso no mercado hoje — me diz minha mãe antes de descrever seus vários preparos ao longo da semana: na segunda, minha mãe o assou e serviu com batatas amanteigadas; na terça, meu pai misturou o restante do peixe e das batatas com cevadinha, cogumelos salteados e tomatinhos-cereja; na quarta, os dois comeram o restante da mistura de peixe e cevadinha com macarrão; na quinta, tudo que restava foi para a panela com dois ovos batidos e um pouco de endro picado.

— Gente! — exclamo. — Por favor, não peguem botulismo.

— Bom, pelo menos não somos como a vovó — diz meu pai sobre a própria mãe, que era conhecida por acrescentar vários ciclos de congelar e descongelar pratos à coreografia de restos de comida.

No fim das contas, passei décadas basicamente hospedando Jamie e Willa — como se eu fosse a eterna anfitriã de um jantar, desejando que as crianças nunca quisessem ir embora. A comida era boa, o entretenimento variava; nós as amamos com todas as forças, e, agora, elas foram embora.

Quando perdemos alguma coisa, devemos refazer nossos passos, só que nenhuma das minhas perdas é assim. Onde eu buscaria por elas? E o que faria se as encontrasse? Pequenos bebês fantasmas, bebês nascidos, corpos infantis crescidos, adolescentes perdidos. Perdas como o naufrágio de um navio. Nadamos para buscar o que foi perdido, indo fundo, fundo, fundo, até o breu do leito do mar, onde nada é visível e nunca se dissolve.

— O leito do mar é mesmo um breu? — pergunto para Maya agora, no carro.

E ela responde, distraída:

— Na zona abissal, sim.

— É óbvio — digo, e ela ri.

SEJA BEM-VINDO À ZONA ABISSAL! A placa que ninguém jamais enxerga.

Seguimos a sequência de atividades — estacionamento, bonde, calçadão, praia —, e aqui estamos nós, procurando uma brecha na densidade de corpos humanos e tralha, encontrando um espaço livre, cambaleando para colocar tudo na areia. Nick imediatamente tira sua camisa do Red Sox, seu boné do Red Sox, e pergunta a Willa se ela quer ir nadar.

— Não — responde ela. — Estou *meia* cansada. Quero passar um tempo deitada no sol.

Nick encontra meu olhar, por causa de *meia* em vez de *meio*, mas não dizemos nada porque estamos tentando não ser os escrotos maníacos por gramática, ou seja lá o que for que Willa nos acusou de ser. Jamie e Maya já estão andando pela beira do mar. Imagino que tenham muito sobre o que conversar. Ou talvez não. Do que eu sei?

— Eu vou! — exclamo, e Nick estica uma mão para mim.

Na beira da água, de repente me arrepio toda e fico com medo. Nick espera enquanto fico enrolando. Enquanto agacho para ver uma concha, uma pedra bonita.

— Você acabou de colocar uma pedrinha na boca? — pergunta ele.

E respondo:

— Não.

— Rocky.

— Não vou engolir! Só queria sentir o quanto ela é lisa. E tão salgada! Aqui. — Cuspo a pedra, sorrio. — Duvido que você consiga me pegar — digo de repente, como se estivéssemos em uma comédia romântica, e corro pela espuma para mergulhar sob as ondas, com Nick tão perto que ele me agarra antes de eu afundar demais.

42

Só que não estamos em uma comédia romântica, e aqui vai como sei disso: dois minutos depois, estamos brigando de novo.

— É muita coisa para digerir — grito para Nick na espuma gelada das ondas que quebram.

E ele responde:

— Aham.

— Como você está se sentindo? — pergunto, e ele dá de ombros. — Você está sentindo *alguma coisa*? — insisto, e ele sabe que é uma armadilha.

— Não — responde ele, e ri.

Mas eu não rio.

— *Nadinha*?

Estamos pulando a cada onda que ameaça quebrar sobre nós, berrando para ouvirmos um ao outro por cima do barulho do mar. A água está dolorosamente fria e tão salgada que meus olhos ardem.

Não consigo ouvir Nick suspirar, mas sei que faz isso. Ele balança a cabeça, afasta o cabelo molhado do rosto com uma mão exausta, pula e gira de costas para mim ao fugir de outra onda. Estamos na beira de um oceano insondável, com oitenta e dois bilhões de *bilhões* de galões de água salgada saindo de Portugal na nossa direção. Sou uma poeira insignificante — apenas pouco mais de um galão de sangue bombeando em círculos nesta carcaça humana ossuda e cheia de gordura —, implicando com um homem que quer pegar ondas até a areia e sair alegre da água para comer seu sanduíche comprado.

Aqui vai o que pessoas que colhem alimentos silvestres em florestas sabem: a maior parte do que cresce na natureza não é delicioso nem tóxico. Há um mundo inteiro entre aquilo que chamamos de alimentos ideais — as avelãs e cogumelos porcini e amoras — e, digamos, um cogumelo venenoso destruidor que interromperá o funcionamento de todos os seus órgãos após uma mera mordiscada. Podemos comer grama, musgo, a casca interna da maioria das árvores, mil tipos de folhas. Não precisamos fazer isso, mas podemos. Boa parte da vida adulta privilegiada parece acontecer aqui, no espaço entre as grandes emoções incríveis e os desastres arrasadores. É apenas a vida normal, linda em sua sutileza familiar, em sua decência e regularidade. Nick jamais cantará uma ária emocionada para mim. Jamais serei assolada por sua raiva e seu perdão. Cabe a mim agora desenrolar a corda que retorci de vergonha e culpa e raiva e tristeza.

— **Você pode escolher ser feliz** — me disse uma amiga certa vez. Ela é terapeuta, e caminhávamos na floresta perto da minha casa, parando de vez em quando a fim de chamar uma coruja que piava nas árvores. — O restante? Coloque num barquinho na sua mente e empurre-o para o mar.

— Você está me dizendo para reprimir minha tristeza e minha raiva? — perguntei, surpresa.

E ela respondeu:

— Reprimir, não. *Se soltar delas.*

— Vou pensar no assunto.

Estou pensando nisso agora, enquanto uma onda quebra sobre mim. Tropeço na areia e no sal, fico de quatro, engatinho até a terra firme. *Solte*, penso, como um cachorro com algo preso na boca: um esquilo, uma salsicha, uma calcinha, o luto. *Solte.*

43

Uma vez, Willa compartilhou sua teoria de que encontrar um trevo de quatro folhas era um sintoma da sorte, não a causa.

— Isso só mostra que você tem o tipo de vida em que há coisas crescendo, e que você tem tempo para cuidar delas — disse ela.

Será que, na verdade, ela estava falando sobre privilégio social? Mas gosto de imaginar que a sorte está em todo lugar, mesmo antes de a encontrarmos.

No caminho de volta para o chalé, após nosso último dia de praia, paramos para tomar sorvete. É tão tentador desperdiçar o pouco tempo que nos resta em um estado de tristeza antecipada que preciso fazer um esforço consciente para não ficar choramingando e me lamentando.

— Vocês estão tão altos! — é o que me escuto falar em vez disso, e as crianças nem se dão ao trabalho de me responder.

Apenas olham para mim como se eu fosse uma velha tola, porque sou mesmo, e porque elas pararam de crescer há anos. *Como esses adultos são meus filhos?*, é o que quero dizer de verdade. *E por que são tão lindos?* Willa, com seus ombros e maçãs do rosto e a cabeça perfeitamente redonda, o cabelo escuro raspado. Jamie, com uma sombra máscula ao longo de sua bela mandíbula, acima de seus lindos lábios. Já ouvi o luto sendo descrito como *o amor que não tem para onde ir*. Mas, para ser sincera, às vezes acho que o amor já é isso. A única coisa que me resta é passar um braço ao redor da cintura de Nick e me inclinar para receber um beijo consolador na cabeça.

Na nossa frente na fila, um menino diz para o outro:

— Só baunilha? Você não pode pedir isso. Baunilha é muito gay.

— Bom, ele não está errado — comenta Willa.

Ela e Nick sempre ficam tentando descobrir qual sabor de chocolate será o mais chocolatudo. Fazem perguntas sobre camadas, tamanho de lascas, intensidade. Eu? Só quero a menor casquinha de baunilha, porque sou gay assim, apesar de isso fazer os *sommeliers* de chocolate balançarem a cabeça com tristeza para mim. Maya pede um de algodão-doce, uma decisão aprovada por Nick e Willa, por algum motivo, e Jamie escolhe framboesa-preta, que eles não aprovam.

Levamos nossas casquinhas em processo de derretimento para uma mesa sob os pinheiros para falar sobre nossos momentos favoritos da semana. O de Nick foram as lagostas. O de Jamie foram as lagostas também, e o minigolfe, e também uma menção vaga e não elaborada à *família*, que parece ter sido acrescentada para me deixar feliz. ("Que fofo, querido", digo, como era esperado). O de Maya foi arrumar as pedras sutilmente coloridas da praia em um arco-íris, e também encontrar uma concha em caracol perfeita, com o interior cor-de-rosa.

— Ah, e ficar noiva também! — acrescenta ela.

E Jamie ri, fala:

— Eu também!

Os de Willa foram os caranguejos-eremitas e nadar à noite e quando minha mãe nos contou sobre sua nova farmacêutica, chamada Regina — com um *i* alongado. Willa e Jamie tinham olhado um para o outro e ajoelhado na areia de tanto rir.

— Sinceramente — brigou minha mãe, e eles tentaram se controlar, mas não conseguiam. — Seus filhos — reclamou ela comigo.

E eu disse:

— Pois é.

Mas também pressionava uma toalha contra a boca para segurar a risada.

— Lembram do verão em que você assou um bolo de limão em uma caixa de areia? — pergunta Willa agora.

Ela já está rindo de novo, mordendo a ponta da casquinha e pressionando um guardanapo nos cantos dos olhos.

— Não assei um bolo em uma caixa de areia — digo.

— Você não assou um bolo em uma forma que tinha areia de gato?

— Teve areia de gato por, tipo, um minuto... só enquanto eu estava limpando a caixa de areia de verdade. Foi naquele verão em que o Frango ficou doente. Era uma forma de alumínio descartável, que eu lavei muito bem e depois joguei fora.

— Jogou fora depois do quê?

— Depois de assar o bolo nela — admito.

As crianças caem uma por cima da outra enquanto soltam gargalhadas.

Você já imaginou Dédalo, com sua altura imponente, assistindo lá de cima as asas de seu filho começarem a se soltar, puxadas pelo calor e pela gravidade? Você já viu, em igrejas e museus, o corpo enorme de Jesus caído sobre o colo da mãe? Sei que você já ouviu falar do massacre na escola primária de Sandy Hook. Que sabe sobre violência policial, guerra, doenças, genocídios, fome, terror. Há tantas formas de perdermos nossos filhos, e já imaginei a maioria delas — imaginei o quase êxtase disso, os violinos serrando a canção inimaginável do luto.

Ninguém me pergunta qual foi minha parte favorita da semana, mas talvez seja porque saibam o que direi, tediosa, e seria simplesmente isto: o fato de estarmos juntos e vivos. As crianças continuam gargalhando da hilaridade de tudo. Estão tão crescidas! Tão jovens. Minhas e não minhas, como sempre foram. Talvez o luto seja o amor implodindo. Ou talvez seja o amor expandindo. Não sei. Só sei que não podemos criar uma perda para evitar outra, porque não é assim que as coisas funcionam. Então, é melhor amarmos o máximo possível. Da forma mais inconsequente possível. Como se essa fosse nossa última esperança, porque é mesmo.

— Vamos começar a arrumar as coisas depois do jantar? — pergunta Nick, e todo mundo geme.

— Acho melhor irmos para a lagoa — diz Willa. — Antes de nosso tempo acabar.

Então é isso que fazemos.

Depois

Agora, estamos acompanhando Jamie e Maya até o altar no quintal da casa da família dela. Todos nós, com os irmãos e os pais de Maya também, uma multidão transbordante, animada, passando esses belos bastões um para o outro até que a morte os separe.

Sempre detestei eufemismos sobre o fim da vida. *Diga logo*: de morte morrida *ou de* morte matada!, eu ficava com vontade de dizer, ranzinza, quando chegava aos meus ouvidos uma frase sobre alguém ter partido, falecido, nos deixado cedo demais. Mas acho que eu estava errada. Uma transição é tão mais suave do que um fim — e, em um milhão de maneiras, minha mãe continua com a gente. Em nossas fotos e em nossas memórias. Em nosso coração e até em nossos pulmões, porque ela é o ar que respiramos.

Quando ela foi internada no hospital de cuidados paliativos, seu coração rapidamente se tornando mais fraco enquanto os nossos seguiam batendo, ficávamos observando os pássaros em sua janela. As crianças iam e vinham, amorosas e arrasadas, mas também ocupadas com o trabalho e a faculdade. Minha mãe tirava sonecas enquanto meu pai lia o jornal e eu consertava minha calça jeans. Às vezes, ela sentia dores, e era terrível. Às vezes, eu ficava analisando cardápios de entrega de comida com meu pai, e ela sorria para nós de sua cama esquisita. Sua força e sua coordenação se perderam, e sentei ao lado dela para ajudá-la com o celular, usando seu dedão para destravar a tela como se fosse uma ferramenta.

— Continuo sendo uma pessoa! — exclamou ela, indignada, conforme eu repetidamente batia seu dedão no botão.

Rimos tanto que chorei e até fiz um pouquinho de xixi, e então também rimos disso: ela continente, mesmo no leito de morte; eu pegando emprestado uma calcinha dela.

— Válvula cardíaca de lula idiota e inútil — falei em uma noite, batendo de leve no esterno dela.

Ela fez um som desdenhoso e falou:

— Preciso te dizer uma coisa.

Meu pai tinha saído do quarto para preparar uma torrada com canela para ela. *Ah, não*, pensei. *Não me diga nada.* Eu sentia quase uma fobia de declarações.

— Diga — respondi, corajosa.

E ela me falou que eu não precisava chegar a tantas conclusões, tomar tantas decisões. Que eu podia simplesmente aceitar todas as partes diferentes da vida como ela era. Que eu podia ser feliz mesmo que nada jamais fosse perfeito. E isso foi tão parecido com as coisas que eu já pensava que fiquei chocada.

— Obrigada — falei, e ela concordou com a cabeça. — O amor vai acabar me matando.

— Querida, não. A *morte* vai acabar te matando.

Parecia impossível discutir com isso.

— Você está com medo? — perguntei.

— Não estou — disse ela, sem parecer mesmo. — "A morte é apenas a passagem de um cômodo para outro". — *Para outro onde todos estão mortos*, não falei. — Helen Keller — acrescentou ela, citando sua fonte, e então acenou com uma mão no ar porque tinha cansado daquele tipo de conversa e queria que eu escovasse seu belo cabelo antes de meu pai voltar.

Ela me esperou sair do quarto para morrer, algo que já ouvi falar que pais fazem. Faz sentido. Quer dizer, mães nunca deixam de ser mães, certo? Ela cuidou de mim até o fim.

Jogamos suas cinzas no Central Park, no lugar onde os narcisos nascem em abril.

— Imagine só criar esse tom de amarelo só com terra e luz do sol — disse Willa. Ela estava apoiada no meu pai, que sorria e franzia a testa e secava o rosto com um lenço. — Tipo, se alguém virasse para você e dissesse: Toma esse pote de terra. Crie dois tons perfeitos do amarelo mais vivo que você já viu! Seria impossível. — Concordamos que seria mesmo. — Então o que é isso? Quer dizer, sei que é a natureza. Fotossíntese. Adaptação. Mas será que também é mágica?

Concluímos que devia ser.

Anotei uma estrofe do poema "Após grande dor, surge um sentimento solene", de Emily Dickinson, e o prendi na minha mesa.

> Esta é a Hora do Chumbo —
> Lembrada, se superada,
> Como pessoas quase congeladas se recordam da neve —
> Primeiro — o frio —, depois o estupor — depois o desapego —

— Credo! — disse Nick. — Então, tipo, *morrer congelado*?

— Não! Não. Tipo, *se desapegar da dor*.

Os bebês fantasmas só me visitavam de vez em quando agora, e nunca choravam.

— Não sei — falou Nick, e eu também não sabia.

E, sim, de algum jeito, não havia nada de errado com isso.

Encontrei uma notinha de delicatéssen com a frase *Seu coração precisa estar vivo demais para sentir tamanha tristeza!* escrita no verso com a minha letra. Da onde tirei isso? Procurei no Google, não encontrei nada. Será que escrevi dormindo? Prendi a frase ao lado do poema.

Também adotamos uma gatinha — que Willa chama de "nossa gata reserva" para o caso de Frango morrer, e não está errada. A plaquinha na coleira dela dizia PRECIOSA quando a buscamos, então esse é seu nome. Ela tem olhos verdes brilhantes e uma cabeça estranhamente pequena, e Frango está tão atordoado de amor que joga seu corpo enorme sobre o dela e ronrona, e fica até difícil saber que ela está ali embaixo. Ele parece uma galinha chocando ovos.

— Você é tão preciosa para mim, Preciosa — diz Willa na voz de Frango.

E Preciosa responde, embaixo dele:

— Você também é precioso para mim.

— **Não guardem segredos um do outro** — dirá Willa quando fizer um brinde aos noivos daqui a uma hora. Não há bebê. Jamie estará com um braço sobre os ombros de Maya, os dois radiantes como um farol. *Os raios do amor.* — Vocês podem, tipo, fechar a porta do banheiro — todo mundo soltará uma gargalhada — e não compartilhar seus diários antigos. Mas conversem sobre tudo que for importante. E continuem se amando imensamente. A vida é curta demais para qualquer outra coisa.

O salão explodirá em uma salva de palmas, e me apoiarei em Nick, alegre e triste. Arrasada e melhorando. Meu pai vai girar na cadeira e sorrir para mim. Sorrirei de volta. Estaremos com saudade da minha mãe. Cuidaremos das nossas feridas.

E seremos tão jovens e felizes quanto for possível.

Agradecimentos

Minha editora maravilhosa, Sara Nelson, faz com que eu me sinta normal e engraçada e boa, e isso é um presente tão grande para mim que mal sei como agradecê-la além de dizer obrigada, Sara. Também agradeço muito a Edie Astley, por seu olhar e sua percepção excelentes. E a Maya Baran e Katie O'Callaghan, obrigada de novo, já me adiantando, mas também obrigada atrasado (?) por venderem meu livro de forma tão apaixonada e competente. Querida revisora Janet Rosenberg, obrigada por seu cuidado e paciência. Virginia Stanley, amante entusiasmada de livros, escritores e bibliotecas, obrigada por seu coração imenso. E a todos na Harper que fazem tanto e com tanto talento: ahhhhh, vocês são incríveis.

Obrigada, como sempre, a Jennifer Gates, tão encantadora e graciosa que você mal consegue notar que ela está brilhantemente ocupada conseguindo tudo que você deseja e mais um pouco. Obrigada às maravilhosas Erin Files e Allison Warren, cujos entusiasmo e talento não são segredos para ninguém, e a todos na Aevitas que trabalham tão bem.

Obrigada, queridos leitores! Aos leitores deste livro, a você, obrigada! E também aos leitores do meu último livro, incluindo bibliotecários, livreiros, críticos literários, resenhistas, criadores de conteúdo no Instagram, clubes do livro, apresentadores de podcasts, entrevistadores e ouvintes. Um agradecimento especial a Michael Millner, Becky Michaels e Kathleen Traphagen, que leram com amor a versão inicial logo no começo e me ajudaram a imaginar que ela poderia se tornar um livro de verdade. Birdy Newman também leu um dos primeiros rascunhos e me deu feedbacks tão úteis e lindos que chorei durante a primeira rodada de revisão.

Um agradecimento muito específico para: a maravilhosa Joanna Goddard, que deixou que eu escrevesse sobre o ninho vazio para o *Cup of Jo*; Karen E. Bender e Nina de Gramont por sua antologia *Choice*, em que escrevi pela primeira vez sobre confusão reprodutiva; Jennifer Niesslein, que sempre me incentivou a escrever sobre minhas merdas mais raivosas e loucas; Sandra Tsing Loh, a "diva" mencionada na feira de livros da biblioteca; Shoshana Marchand pela "clínica da pernada"; e a Emily Franklin pela mensagem.

Meus amigos me dão forças todos os dias: minhas amigas mães, meus amigos de família, meus amigos da Amherst College, meus amigos da Fisher Home, meus amigos estranhos, meus amigos de escrita, meus amigos de trabalho, meus amigos de mergulho no gelo, meus amigos da zumba, meus amigos de redes sociais, meus amigos jovens e meus amigos mais velhos do mundo, aqui e que já se foram. Vocês todos sabem quem são. Um agradecimento especial para o pequeno porém incrivelmente essencial Clube de Corrida de Pneus de Amherst, pela constante companhia de Maddie DelVicario, faça chuva ou faça sol, e para Lydia Elison, que me oferece sessões de terapia enquanto me agacho para ver trevos de quatro folhas.

Amo meu irmão, Robert; sua esposa, Alba; e os quatro meninos: Sam, Lucas, Andreu e Max. Amo meus sobrinhos-filhos e primos e tios, e também meus muitos parentes por parte do meu marido, incluindo e em especial Larry Millner, o presidente do fã-clube. Ficaria entediada e solitária sem os gatinhos Snapper e Jellyfish.

Preciso elogiar Michael Miller não apenas por ser a pessoa mais paciente, amorosa, divertida e grisalha sensual do mundo, mas também por ser tão generoso sobre o tempo que passo escrevendo, mesmo quando acho que tudo vai acabar sendo meio vergonhoso. Obrigada, meu amor.

É um grande privilégio estar no meio do sanduíche entre meus belos, incríveis e hilários pais, Ted e Jennifer Newman, e meus belos, incríveis e hilários filhos, Ben e Birdy Newman. Seria impossível amá-los mais do que já amo, mas é bem provável que eu faça isso de toda forma.